河山锦绣

青岛市文学艺术界联合会 编

名誉主编 耿林莽 主编 王泽群

副主编 韩嘉川 栾承舟

本册主编 王亚平

青岛出版社
QINGDAO PUBLISHING HOUSE

本书编委会

总　序

回望百年　美不胜收

耿林莽

第一位将域外散文诗译介到中国来的作家，是刘半农。早在1915年，他便在《中华小说界》第2卷第7号上发表了以《杜谨纳夫之名著》为题的四篇散文诗，“杜谨纳夫”即屠格涅夫。中国第一位创作散文诗的，也是刘半农。他的第一篇散文诗《晓》，发表在1918年《新青年》杂志第5卷第2期上。当时，他也许不是有意写的，但这个《晓》对于黎明初降时的诗意描绘，却恰恰成为中国散文诗诞生的一个极具蓬勃生命力的美好象征。虽属巧合，但也算是百年散文诗史上的一段佳话。

这篇《晓》仿佛是一声雄鸡的报晓，迅即唤起文学界散文诗创作的热潮。“五四”时期，文学界先锋人物对新生事物是很敏感的，当时几乎所有一流作家都投入到这一新兴文体的创作，鲁迅、郭沫若、茅盾、巴金、冰心、朱自清、沈尹默、郑振铎、周作人、王统照、徐志摩、许地山、焦菊隐、徐玉诺，等等，皆有散文诗佳作，真的是热闹非常。可以说，中国散文诗这一新文体，拥有一个极富尊严、充满朝气的草创期。当然由于作家们初涉这种文体，对其了解难免粗浅，有些作品质量不高，也是正常现象。直到鲁迅的《野草》问世，局面才有所改观。

早在1919年，鲁迅就以神飞为笔名，在《国民公报》副刊《新文艺》上发表了一组散文诗《自言自语》，形式上与流行散文诗相近。由此可见，他也是中国最早投入到散文诗创作的作家之一，对这一新兴文体，早已心怀敬意充满热情。《野草》的问世则是其散文诗形成自身独特风格，和中国散文诗由幼稚走向成熟的一个标志。它不仅是中国散文诗的一座高峰，在世界散文诗史上，也是一座丰碑。说它是高峰，是丰碑，除其展现了作者深厚的文学素养与不同凡响的语言造诣等艺术上的因素外，更重要的是它展示了散文诗这一文体的美学特质，扭转了人们对它的误解。误解包含：认为它不过是一些华丽词语的堆砌，小资情调的抒发，个人心境与身边琐事的笔现。其实并非如此，孙玉石先生在他的《〈野草〉与中国现代散文诗》一文中告诉我们：《野草》启示人们要把人的诗情与时代的斗争紧密联系起来；内心矛盾的严峻解剖和象征方法的完美运用，形成了《野草》这部散文诗集充满诗意而又富于哲理，幽远奇峻而又凝练深警的抒情色彩。譬如，在《过客》这篇寓言式的以戏剧形式展开的诗境中，渗透了生命意识无比辉煌的力量，和一种崇高悲剧美的苍凉与悲壮。无论前面是野地，是坟，是黄昏，是黑夜，“我只得走，我还是走好吧……”他“即刻昂起了头，愤然向死走去”，这便是“过客”的形象，鲁迅为我们塑造了一个不朽的“知其不可为而为之”的战士和诗人的典型形象。

《野草》发表之后的20世纪30年代，有学者认为散文诗创作进入了低谷，我觉得并非如此，相反，与草创期相比，她呈现出渐趋成熟的态势。草创期虽然大家云集，气氛热烈，不少人不过是偶尔为之，浅尝辄止，对散文诗文体的认识也不够深刻，这是很自然的现象。30年代出现了专业性散文诗作家，如何其芳、丽尼、陆蠡、马国亮等，他们的作品已经相当成熟地显示了散文诗的美学优势，特别是何其芳的《画梦录》。这部作品原本是以散文集名义出版，且获得《大公报》文学奖的殊荣，然而人们因其浓郁的抒情性魅力和突出的诗美意境，普遍地将其视为优秀的散文诗样本，它在当时产生了很大影响。

20世纪30年代末期到40年代，抗日战争和解放战争期间，文艺作品服务于斗争需要成为必然。作为散文诗自身的文体发展，基本上稳定地延续了前期风格，没有出现太大变化。郭风和刘北汜编选的一套《曙前散文诗丛书》，收入田一文、莫洛、羊翚、彭燕郊、刘北汜、叶金、陈敬容等人的作品，大体可以呈现这一时期散文诗的面貌。新中国成立以后，形势大变，散文诗以郭风的《叶笛》和柯蓝的《早霞短笛》为代表，吹响了时代的最强音。笛声中洋溢着明朗、欢快和昂扬的朝气，体现了当时人们的喜悦与乐观情绪。不过，1957年流沙河因《草木篇》，徐成淼因《劝告》而遭受的打击和苦难，却也在散文诗史上留下了一抹记忆的暗影。再以后便是“文革”横扫一切的风暴，散文诗沦入长达十多年的“空白期”。其间，许多人因散文诗而惨遭批判和迫害，即使柯蓝的《早霞短笛》那样洋溢着歌颂与赞美的作品，也未能逃脱姚文元棍棒的打击。

苍天有眼，否极泰来。改革开放以后，散文诗迅即复苏，随后便是空前的繁荣。在20世纪80年代文学进入复苏的大背景下，柯蓝、郭风等人为散文诗四处奔走游说，推动了散文诗的振兴，这固然是重要的因素，但更关键的是整个文化环境趋向宽松。经过30多年的蓬勃发展，中国散文诗已经进入了成熟和丰收的繁荣期。一大批老中青散文诗作家不断涌现，优秀作品层出不穷，美不胜收，以及发表阵地不断扩大，诗集、选集、年选、丛书大量出版，理论研讨、评奖活动十分活跃，如此等等，真的是史无前例。种种情况，难以赘述，读者从这部《中国散文诗一百年大系》中，自会有直接的感受。

且让我们来一睹这部《中国散文诗一百年大系》的风采。

王泽群是一位散文诗作家，虽然他并非以散文诗为创作主项，但对散文诗事业却十分热心。为了纪念中国散文诗的百年诞辰，他倡议、策划、组织了《中国散文诗一百年大系》这部大型丛书的出版，邀请了韩嘉川、何敬君、栾承舟、栾纪曾、王亚平、雨倾城、高伟和霜扣儿八位诗人参与编选，第一本拟选入百年中有代表性的经典作品，这是一个规模宏大的工程。策划中决定的丛书任务，一是为百年散文诗的经历提供一份可资参考的作品史料；二是为读者推荐百年来的优秀散文诗作品。后者应是主要目标，因为绝大多数读者的兴趣，毕竟是在优秀散文诗的阅读欣赏方面。

悠悠百年，作品浩繁，大海捞针，百里挑一，编选工作的难度可想而知。早期作品的挑选难度在于资料匮乏，即作品少；当代作品的挑选难度在于作品多。面对这一实际情况，在选入作品的分量上，自然是今多昔少，这其实亦属必然。后来者居上，散文诗百年的发展，质量的逐步提升是必然的趋势，选入的当代优秀作品，包括一些年轻作家的作品，其美学高度已远超前人，这一点读者从大系中将会获得印证。

面对百年,尤其是当代散文诗,编选过程中的体验与思考颇多。择其要者,略述一二,向读者做一汇报。

1. 散文诗的文体属性问题,在国外,是很明确的。散文诗的开创者之一波德莱尔在谈及《巴黎的忧郁》时说:“总之,这还是《恶之花》,但更自由、细腻、辛辣。”《恶之花》是诗集,那么《巴黎的忧郁》也是诗,是明确无误的了。国外的许多诗人,都把散文诗与分行诗一齐收入诗集出版,也是一个明证。但是在中国,多年流行的一种观点则是,散文诗是诗与散文的杂交品种,或边缘文体,也就是说,散文诗既可以是诗,也可以是散文,或诗或文,亦诗亦文。这就在很长时期中,对作者和读者造成了属性模糊不清的印象,许多人将短小的抒情散文误认成散文诗,导致一些散文诗严重散文化的倾向,对散文诗的发展十分不利。当代散文诗的后期,散文诗本质是诗的观念才得以确定。散文诗是自由诗的发展,为了强化诗的表现力,引入复杂情节而将散文的因素融入其中;散文是以“移民”的身份被吸入并加以改造而为其服务的。我提出“化散文”而不是“散文化”的观念,得到人们的共识。现在,散文诗已被公认为是归属于大诗歌谱系,与自由诗、古体诗并立的三大诗体之一。中国作协鲁迅文学奖的诗歌项目,也是这样安排的,这说明散文诗的文体归属问题,终于尘埃落定了。这是当代散文诗顺利发展的一个重要因素。大系编选过程中,也是按此认识处理的。

2. 对于散文诗的产生,人们多从其艺术形式上考虑,很少关注到它的时代背景,其实这一点至关重要。《巴黎的忧郁》是在资本主义发达社会,商品化对人性扭曲与异化的背景下产生的,五十篇作品几乎全是“他者”忧郁的陈述，而非作者个人的哀愁或闲愁，更不是供人赏玩的“小摆设”之类。揭示疮疤，治疗疼痛，拯救灵魂，呼唤人性，这才是散文诗这一文体在内容上的本质属性。散文诗传入中国后，却一度出现了大量内容空虚，专门抒发个人情感的小资情调，甚至是无病呻吟的作品。矫揉造作，扭捏作态的不良诗风随之流行，这极大地损害了散文诗的声誉，引起一些人对这一文体的冷漠和非议。鲁迅的《野草》之所以可贵，正在于他以其关注时代、关注现实，以及凝重而深厚的社会内容，还散文诗应有的本质属性。经过多年努力，当代散文诗的主流走向，已逐渐归于正常。对于这一问题，我曾提出过“要沉甸甸，不要轻飘飘”的主张，是有针对性的，现在看来，或亦有其片面性。“沉甸甸”固然需要，“轻飘飘的”，即那些清浅之作，也自有其审美价值。对于这个问题，谢冕的《散文诗说》中有段话说得很好。他说：“这是青春的文体，优美、轻盈、灵动、隽永，还有始终如一的高雅，以及始终拒绝粗鄙化的坚守。从主要的表现形态来说，散文诗似一幅幅水墨山水画，淡淡的、浅浅的，如山间的云霞。”在这个问题上，时刻都不要忘记多样化的要求，大系的编选中，处理是恰当的。

3. 人们为什么爱读散文诗？是为了满足审美的需求。有人说“散文诗是美的尤物”，美文性是它的一大优势。因此，我们将美视为散文诗的依归。选编过程中，以美的追求为首要目标。较难处理的是美与意义的关系问题，在“文以载道”的观念深入人心的中国，人们对文学作品的教育意义，即思想性十分重视，散文诗亦然。在创作过程中，如果从意义出发，即所谓“主题先行”，容易使作品形成说教；如果以形象阐释思想，会削弱诗美吸引力。

要正确解决这个问题,还需从认识上入手。什么是美? 美是真善美的统一,意义、思想不应该是对美的强加,而是其内在生命不可分割的组成部分。也就是说,美隐含着意义,严格地讲,没有意义的美是不存在的。我们常讲的"德智体美",美本身便是一"育"。散文诗正是通过美的形体,给予读者以优美情操、健康思想和精神文化修养上潜移默化的影响而实现其"教育意义"的。理直气壮地将审美作为散文诗价值的核心来处理,是大系编选过程中所遵循的一条原则。

愿《中国散文诗一百年大系》搭起的这座桥梁,能帮助您抵达中国百年散文诗的彼岸,获得一次审美的满足。

序

散文诗海采珠之旅

王亚平

安坐书房品读散文诗是一种愉悦,可如果抱持选择的目的急搜,心境却大不相同。在有限的时段里,潜入积淀百年的散文诗海采集珍珠,犹如以肉眼比对漫天繁星哪颗更亮。尤其《河山锦绣》只是《中国散文诗一百年大系》八册分卷之一,还须时时小心提防越界,从眼花缭乱到着手甄别,及至反复校勘作者简况及其作品出处,后又几度增删,整个人已经几近崩溃。好在编辑团队精诚合作,互为补台,终于得以上岸。岸上,阳光明媚。

做报纸副刊工作多年,此时才明白编辑选本更累,累在瞻前顾后,取舍两难。尽管不清楚读者能否认同这个散文诗选本,但我真的尽力了。

茫茫深海,光影迷离,鱼龙混杂。

百年前的一代文化大师,温文尔雅学识渊博,在诸多领域成就卓著。换句话说,即使他们不曾涉足散文诗,同样不会被历史忘记。然而他们偏偏就以雪峰冰川的姿态,融涓涓细流聚集为中国散文诗的源头，由溪成河，滔滔不绝，翻山越岭东流入海。

开山一代的散文诗，天真质朴，喜怒哀乐酣畅淋漓。他们之所思所感，借由优雅的语句，传递得清明透彻。今天读来，温润如初，毫无隔阂。

接续而来，生于20世纪20年代至40年代的散文诗人，同样值得敬重。查阅他们的经历，往往坎坷艰辛，几度花落花又开，仍壮心在胸高歌前行，于是才有了20世纪80年代之后中国散文诗之波峰。难能可贵的是，他们不仅勤奋笔耕，更有不少人高举火把引领一大批文学青年加入创作中，为散文诗的继往开来储备下有生力量。

这一代散文诗人，可谓厚积薄发，视野更为开阔，既具备扎实的文字功力，又汲取了西方文学之精粹，作品题材丰富，表现手法多样，创作数量巨大，毫无疑问可称作当代中国散文诗高峰的奠基人和建筑工。故此，对这一时期代表性散文诗人作品的选取，兼顾各个风格流派以及个人历史性贡献，不受作品多寡抑或创作持续期长短所左右，且保留了不同年代独特的语言特征。

而20世纪50年代初至60年代末出生的散文诗人，则是新时代散文诗鼎盛期的亲历者。与恩师相比，他们生逢其时，正值大好年华，精力充沛，在探索中走得更远，为这一文学样式实验出了更多的可能性。可惜，随着社会形态剧烈变革，多元价值观日益显现，民众关注点趋于分散，原本你追我赶突击前行的大队人马，走着走着就散了。在散文诗创作或研究方面坚守至今者，少之又少，尤为可贵。因此采撷时特意关注了这个梦幻群体早期的作品，以向他们曾经英姿勃发的青春致敬。

在新媒体、网游成为年轻人文化消费主流的时下，纯文学作品阅读圈愈加缩小，更遑论散文诗的受众。然而，还是有年青一代执着于散文诗的创作。这些70后、80后，生龙活虎，锐气十足，甚至不受纸质文学刊物之囿，分分秒就把作品发布至网络空间。他们青睐现代传输手段，或许是抱团取暖，或许是追求自由，又或许是时代使然，无论怎样，都比前人迈进了一大步。

最新一代散文诗人之作，依然需要时间的验证。客观面对，优于匆忙评判。故此，对其中篇幅较长的组章，不惜页码原汁原味收入，意在留存散文诗低谷期之完整样本供后人参阅。毕竟，大海潮涨潮落无休止，总有千帆相往来。

年近花甲，独立岸边，任秋风轻拂白发，静看海天一色，感觉真好。

目 录

鲁 迅

鲁迅(1881—1936),原名周樟寿,后改名周树人,浙江绍兴人。有二十卷本、十六卷本、十八卷本的《鲁迅全集》行世。1927年出版散文诗集《野草》。

火的冰

流动的火,是熔化的珊瑚么?

中间有些绿白,像珊瑚的心,浑身通红,像珊瑚的肉,外层带些黑,是珊瑚焦了。

好是好呵,可惜拿了要烫手。

遇着说不出的冷,火便结了冰了。

中间有些绿白,像珊瑚的心,浑身通红,像珊瑚的肉,外层带些黑,也还是珊瑚焦了。

火,火的冰,人们没奈何他,他自己也苦么?

唉,火的冰。

唉,唉,火的冰的人!

(选自《国民公报》"新文艺"栏,1919年8月8日)

胡 适

胡适(1891—1962),本名胡嗣糜,又名洪骍,字希疆、适之,安徽宣城人。著有多部诗文集及文史研究专著。

鸽 子

云淡天高,好一片晚秋天气!
有一群鸽子,在空中游戏。
看他们三三两两,
回环来往,
夷犹如意,——
忽地里,翻身映日,白羽衬青天,十分鲜丽!

(1918 年)

(选自《新青年》,1918 第 4 期第 1 号)

郭沫若

郭沫若(1892—1978),本名郭开贞,字鼎堂,号尚武,笔名沫若,四川乐山人。著有多部诗集、话剧、文史研究专著及外国文学译著。

水墨画

天空一片灰暗,没有丝毫的日光。

海水的蓝色浓得惊人,舐岸的微波吐出群鱼喋嗡的声韵。

这是暴风雨欲来的先兆。

海中的岛屿和乌木的雕刻一样静凝着了。

我携着中食的饭匣向沙岸上走来,在一只泊系着的渔舟里面坐着。

一种淡白无味的凄凉的情趣——我把饭匣打开,又闭上了。

回头望见松原里的一座孤寂的火葬场。红砖砌成的高耸的烟囱口上,冒出了一笔灰白色的飘忽的轻烟……

(选自《郭沫若散文》,人民文学出版社,2007 年版)

孙俍工

孙俍工(1894—1962),本名孙光策,湖南邵阳人。著有多部诗集、小说集、散文集及外国文学译著。

红　叶

晨光明了,晨风起了!红叶带着泪珠颤巍巍地说道:

“我要借风的力落到地下去了。”

青叶听着,也带了眼泪哭着对他说:“不要去罢!你被风吹到地上,也能被风把沙尘吹起,将你的身子压碎,不要去罢,红叶!”

“不!这是我的生命,这是我的生命!我的身子不被压碎,我的生命哪能钻进沙尘内,我将浮游在这无限的空间,空守着将死的枯枝,有什么生趣?”

“我亲爱的朋友,晨光期,展风正抖擞地吹着……”

红叶说着,揩干眼泪,簌的一声,在空中回旋了一会儿,翩然落在地上了。

(选自《文学周报》,1923 年 10 月 25 日)

徐玉诺

徐玉诺(1894—1958),笔名红蠖,河南平顶山人。著有多部诗集、小说集。

一步曲

我曲曲折折地顺着这道山谷走下去。

我一步一步地走着,送到耳边的是两岸密林里边小鸟的清脆的歌曲;迎面细风吹着——这是从太平洋吹过来的细风,满含着极温柔的温润和野香。

暄松松的浅草,在我足下亲吻,

我的脚一下,她也轻轻地躺下一点;但是总……柔情而十分忠实地承接着我的脚底。

我想些什么?

是这样的:什么也不是,什么也没有了!

小鸟总是那样地唱着,

细风总是那样地吹着,

我总是一步一步地走着。

在黑影中

假若你在黑暗的夜间，你一个人来到这寂寞而且沉浊的密林里，

那比在光亮里更有趣！

你能听见：

这一个树叶拍着那一个的声响，

蟋蟀的凄楚，

疲倦后的小鸟的密语！

寂寞——莫名——的美妙哟！

——黑暗的美丽哟！

只有深蓝的点着繁星的天空，从林隙中看出渺渺茫茫的星光。

（选自《将来之花园》，商务印书馆，1933 年版）

许地山

许地山(1894—1941),本名许赞堃,字地山,笔名落华生,祖籍广东揭阳,中国台湾人。著有短篇小说集《商人妇》,散文集《空山灵雨》及多部外国文学译著。

梨　花

她们还在园里玩,也不理会细雨丝丝穿入她们的罗衣。池边梨花的颜色被雨洗得更白净了,但朵朵都懒懒地垂着。

姊姊说:"你看,花儿都倦得要睡了!"

"待我来摇醒他们。"

姊姊不及发言,妹妹的手早已抓住树枝摇了几下。花瓣和水珠纷纷地落下来,铺得银片满地,煞是好玩。

妹妹说:"好玩啊,花瓣一离开树枝,就活动起来了!"

"活动什么? 你看,花儿的泪都滴在我身上哪。"姊姊说这话时,带着几分怒气,推了妹妹一下。他接着说:"我不和你玩了,你自己在这里罢。"

妹妹见姊姊走了,直站在树下出神。停了半晌,老妈子走来,牵着她,一面走着,说:"你看,你的衣服都湿了,在阴雨天,每日要换几次衣服,叫人到哪里找太阳给你晒去呢?"

落下来的花瓣,有些被她们的鞋印入泥中;有些粘在妹妹身上，被她带走；有些浮在池面，被鱼儿衔入水里。那多情的燕子不歇把鞋印上的残瓣和软泥一同衔在口中，到梁间去，构成它们的香巢。

（选自《许地山作品集》，现代出版社，2016 年版）

徐志摩

徐志摩(1897—1931),浙江海宁人。主要作品有诗集《志摩的诗》《翡冷翠的一夜》,散文集《巴黎的鳞爪》等。

私　语

秋雨在一流清冷的秋水池,
一棵憔悴的秋柳里,
一条怯懦的秋枝上,
一片将黄未黄的秋叶上,
听他亲亲切切喁喁唼唼,
私语三秋的情思情事,情语情节,
临了轻轻将他拂落在秋水秋波的秋晕里,一涡半转,
跟着秋流去。
这秋雨的私语,三秋的情思情事,
情诗情节,也掉落在秋水秋波的秋晕里,一涡半转,
跟着秋流去。

(1922 年 7 月 21 日)

(选自《徐志摩全集》,中央编译出版社,2013 年版)

绿　漪

绿漪(1897—1999),本名苏梅,字雪林,祖籍安徽黄山,浙江温州人。著有多部小说集、散文集、评论集。

溪　水

我们携着手走进林子,溪水漾着笑涡,似乎欢迎我们的双影。这道溪流,本来温柔得像少女般可爱,但不知何时流入深林,她的身体便被囚禁在重叠的浓翠中间。

早晨时她不能面向玫瑰色的朝阳微笑,夜深时不能和娟娟的月儿谈心,她的明澈莹晶的眼波,渐渐变成忧郁的深蓝色,时时凄咽着的忧伤的调子,她是如何的沉闷呵!在夏天的时候。

几番秋雨之后,溪水长了几篙;早凋的梧楸,飞尽了翠叶;黄金色的晓霞,从杈丫树隙里,深入溪中;泼靛的波面,便泛出彩虹似的光。

现在,水恢复从前的活泼和快乐了,一面急忙向前走着,一面还要沿途和遇见的落叶、枯枝……淘气。

一张小小的红叶儿,听了狡狯的西风劝告,私下离开母亲出来玩,直到半路上,风偷偷儿溜走了,他便一跤跌在溪水里。

水是怎样地开心呵,她将那可怜的失路的小红叶儿,推推挤挤地推到一个漩涡里,使他滴滴溜溜地打圆转儿;那叶向前不得,向后不能，急得几乎哭出来；水笑嘻嘻地将手一松，他才一溜烟地逃走了。

水是这样欢喜捉弄人的，但流到坝塘边，她自己的磨难也来了。你记得吗？坝下边不是有许多大石头，阻住水的去路？

水初流到石边时，还是不经意地涎着脸撒娇撒痴地要求石头放行，但石头却像没有耳朵似的，板着冷静的面孔，一点儿不理。于是水开始娇嗔起来了，拼命向石头冲突过去；冲突激烈时，浅碧的衣裳袒开了，露出雪白的胸臂，肺叶收放，呼吸极其急促。发出怒吼的声音来，缕缕银丝，四散飞起。

噼噼啪啪，温柔的巴掌，尽打在石头皱纹深陷的颊边，——她真的怒了，不是儿戏。

谁说大石头是始终顽固的呢？巴掌来得狠了，也不得不低头躲避。于是水得以安然渡过难关了。

她虽然得胜了，然而弄得异常疲倦，曳了浅碧的衣裳去时，我们还听见她断续的喘息声。

我们到这树林中来，总要到这坝塘边参观水石的争执。一坐总是一两个钟头。

（选自《绿天》，上海北新书局，1928 年版）

王统照

王统照(1897—1957),山东诸城人,字剑三,笔名息庐、容庐。出版长篇小说、短篇小说集及《王统照文集》(六卷)等。散文集有《繁辞集》,散文诗集有《散文诗十章》等。

柔和的风

冬天过了,春天也快要逝去。朋友,你觉得这地方上有一丝丝柔和的风吗?

没有震雷;没有霜雹;也没有暴雨,空间正如空间的天气一样,郁闷、焦烦,就是一丝丝的凉风也没从江潮上掠过来。

但四周的烈风、雷、雨,却正冲打着岛上流人的心潮。

虽然,暂时在人间似不再需求"柔和的风",拂面,醉心,好继续意想中的春梦。但,盼望烈风、雷、雨投来一片光华的闪电,映着土陇、郊原、篱落、水湾、茅屋——各个地方的苦难者的灵魂,引导他们往胜利的天国。

到那边才真有"柔和的风"在血华的面容上吹拂着。

(选自《繁辞集》,上海世界书局,1939 年版)

高长虹

高长虹(1898—1954),本名高仰愈,山西盂县人。著有多部诗集、散文集,散文诗被收入《心的探险》《光与热》。

四　季

冬爱花,春爱狂风,夏爱雪,秋爱露。

冬占有了世界,那是多么美富的世界啊!然它很烦闷,因为它看不见一朵花。

到不可忍耐的时候,冬把它的所有让给了春。于是,春开始看见那些它所在梦想着的都变了。

绝望的春终于又把它的所有让给了夏,而夏又让给了秋。

它们在相互交替中绝望着,梦想着,永远没有疲倦的时候。

黎　明

那在天空响着的是什么声音呵?

我今早才登上这山的顶巅!我今早才登上这人群的顶巅!

空气流动呵!自由地流动呵!

那在几乎望不见的苍茫的下面像带着什么神秘隐藏着的不是太阳吗？哦，它一定是带着伟大的意义！

只是这样苍茫！一切都这样苍茫！一切都这样灰白色分不出明暗！

连星们都把它们俊俏的眼睛闭了。星们呵，你们是怕看见黑暗吗？你们是怕看见光明吗？但是，白日快要到了。

空气！流动呵！你带着我的声音告诉给全世界：白日快要到了。

只是这样灰白色！我望不见我的邻人！邻人们，你们都还没有醒来吗？

我今早才算逃出了那里，那被黑夜封锁着的！

那在下边，那在拥挤着的，那在呻吟着的——那是一个噩梦！

那在梦魇的指挥之下夜游的人们，我的兄弟们呵，我的兄弟们，你们再不会疲倦吗？白日快要到了！

那是从太阳来的声音。不然，那是从天空来的声音。不然，那是从地底来的声音。不然，那是我自己的心的颤动。

我的心在跳了！那在拥挤着的，那在呻吟着的，便是我自己的心！

一座战场，建立在我的心上，多么无意识的，怪异的，混乱的冲突呵！

喂！我的邻山！你为什么痴立着像一尊石像？

钟声还没有响吗？那可以吞没了一切啾嘈的洪亮的声音，那预示太阳之将升的？

弱者倒在我的脚下。站起来呵，去反抗那些强者！

强者也将要倒了。他们将要永远站不起来。哦，究竟谁是强者呢?

天是这样的昏暗！天是这样的昏暗！地是这样的昏暗！

太阳!

太阳!

(选自《光与热》,开明书店,1927 年版)

郑振铎

郑振铎（1898—1958），字西谛，笔名落雪，祖籍福建长乐，生于浙江永嘉。1922 年初，发表我国最早的散文诗论文《论散文诗》。

燕　子

一身乌黑光亮的羽毛，一对俊俏轻快的翅膀，加上剪刀似的尾巴，凑成了活泼机灵的小燕子。

才下过几阵蒙蒙的细雨。微风吹拂着千万条才展开黄色的嫩叶的柳丝。青的草，绿的芽，各色鲜艳的花，都像赶集似的聚拢来，形成了光彩夺目的春天。小燕子从南方赶来，为春光增添了许多生机。

在微风中，在阳光里，燕子斜着身子在天空中掠过，唧唧地叫着。有的由这边的稻田上，一转眼飞到了那边的柳树下了；有的横掠过湖面，尾尖偶尔沾了一下水面，就看到波纹一圈一圈地荡漾开去。

几对小燕子飞倦了，落在电线上。蓝蓝的天空，电杆之间连着几痕细线，多么像五线谱啊。停着的燕子成了音符，谱出一支正待演奏的春天的赞歌。

（选自《海燕》，新中国书局，1932 年版）

荆　棘

几个穿着白罗衫的人，倚在朱红的栏杆上看荷花，

一个说：荷花的清香，令人闻之神爽。

别一个说：翠绿的荷盖与粉红色的荷花是非常可爱的。

他们都带着贪婪与羡慕之心向荷花看着。

荷花因恐怖发抖了。

荆棘立在池旁自幸。

一对爱人细声地亲密地谈着。

他们走到池边的草亭上坐下。

亭旁走过一个少女，他贪婪地看了几眼，过往的少年也常常引起她的注意。

但是他们还继续地细声而亲密地谈着。

他偶然见了红玫瑰立在墙角，走下亭来，采了一朵，慎重地把它佩在她的衣襟上，说道：

“我爱你！永远地爱你！”

荆棘鄙夷地笑了。

（选自《郑振铎文集》，人民文学出版社，1963 年版）

于成泽

于成泽(1903—1982),又名于毅夫,笔名洪波、逸凡,黑龙江肇东人。著有多篇小说、散文、散文诗及文学评论。

什刹海的月夜

雨止了!

云雾渐渐地自辽阔的天宇里荡散它的形迹。从回廊里细心观望:

一片片的雨气如逝潮般地乱流,那纷茫的丝络,夭逸的急事,使人看了,不自觉地似已将个人的灵魂,寄附在那上面,同样地随它们飘浮繁衍!

晚饭后,我散步到什刹海边。经过银定桥,在那里驻足看孩子们持着箩箕,裸着双足于流水中捉鱼蟹。

哦!逃呵!狂跳呀!微小的生命们,在敌人的绳索里,颤跃着,惊悸着,两岸的孩子们更张着膀臂,急拍着双手,顿足呼叫,庆祝着河里的小友们的成功。可怜哪!雪白的锦鳞铜褐的水国将军们,枉披了满身甲胄,一个接一个地被捉入孩子们的鱼瓮中去了。

一会儿,晚风凄凉,人影寂渺。

转过桥头，明月已皎白地在大地上临照；绕着堤岸，一步步缓缓行去，深怕履地的声音沉重，惊醒了这堤畔柳林中的宁静。但，衣角拂着大麻叶子的欷挲，鞋子踏坠水中土块的微击，竟使堤旁的蛙儿听见，莽然地奔落水中，间间断断地做出阵阵急促的微声。

在柳林中的小径里，停步看着湖波那沉醉如眠的水面，已淡淡地罩上了一层轻微的薄雾，似炊烟，似岭风，全个地笼掩了湖中的芰莲。伴着那阵阵蛙鼓，月光，水光，被这充塞湖面的淡淡的银链，织成一片。

遥遥远立隔岸的林丛中，在那模模糊糊的黑影间，蓦地显露出灯光点点。我凝神望去，看——那仿佛是谁家的楼头，有一个人儿，正默默地依着窗儿，对着这月色，对着这湖波，对着这悄然笼罩了天地的袅袅炊烟，依恋地徘徊着，凄然长叹！

广化寺里的木鱼儿，又沉沉地击了！

我不由得掉过身来——呵！原来这紧闭的赤红色山门前，尚不止我一人在什刹海边流连；一双雄伟的石狮子，也正在静默着，睇顾着，温思着，与我为伴。

（选自《晨报副刊》，1925年8月15日）

朱　湘

朱湘(1904—1933),字子沅,祖籍安徽太湖,生于湖南沅陵。著有多部诗集、散文及评论集。

江行的晨暮

美在任何地方,即使是古老的城外,一个轮船码头上面。

等船,在暮秋夜里九点钟的时候,有一点冷的风。天与江,都暗了;不过,仔细看去,江水还浮着黄色。中间所横着的一条深黑,那是江的南岸。

夜众星的点缀里,长庚星闪耀得像一盏较远的电灯。一条水银色的光带晃动在江水之上,看得见一盏红色的渔灯。

岸上的房屋是一排黑的轮廓。

一条趸船在四五丈以外的地点。模糊的电灯,平时令人不快的,在这时候,在这条趸船上,反而,不仅是悦目,简直是美了。在它的光照下面,聚集着一些人形的轮廓。不过,并听不见人声。

忽然间,在前面江心里,有一些黝黯的帆船顺流而下,没有声音,像一些巨人的鸟。

一个商埠旁边的清晨。

太阳升上了有二十度;覆碗的月亮与地平线还有四十度的距离。几大片鳞云粘在浅碧的天空里;看来,云好像是在太阳的后面，并且远了不少。

山岭披着古铜色的衣，褶痕是大有画意的。

水汽腾上有两尺多高。有几只肥大的鸥鸟，它们，在阳光之内，暂时闪白。

月亮是在左舷的这边。

水汽腾上有一尺多高；在这边，它是时隐时显的。在船影之内，它简直是看不见了。

颜色十分清阔的，是远洲上的列树，水平线上的帆船。

江水由船边的黄到中心的铁青到岸边的银灰色。有几只小轮在喷吐着煤烟；在烟窗的端际，它是黑色；在船影里，淡青，米色，苍白；在斜映着的阳光里，棕黄。

清晨时候的江行是彩色的。

（选自《中书集》，生活书店，1934 年版）

杨　刚

杨刚(1905—1957),祖籍湖北仙桃,江西萍乡人。著有多部散文集、中篇小说集。

星

神奇和美妙倘若不存于人间,则天上一定不会有神奇。有美妙,不,连宇宙都不会有。

我面着宇宙,我仰慕那浩渺无穷的苍天。特别喜欢流连在晚上,没有月亮的时候,那时节晶子一样透明的星,豪奢无度地布满了黯默的天。那天,在那时是黑暗,是哑默,并且连手势和暗号都不能做,永不能使人知道明天还有没有光明的后继者,黑暗能不能永远霸占了光明的位置,将人生就此埋葬得不见天日。

星星,最快乐,最丰繁谦逊,屏绝了一切自我狂、虚荣感的星星不只是黑暗中的晶子,也是宇宙的宝库。它点点碎碎,细细密密,可是晶晶亮亮地撒遍了宇宙的每一个小角落:成为自然伟大的美的创造。每一颗星的工程都极其精致,仿佛一架复杂机器上的一枚小螺旋钉,但每一颗星在自己的地位上都极其大方,十分尊重,各自以百分的至心发辉光明。燃烧这光明,使它一直跑着几千万万,几亿万万里的长途,永不乏力,永是那么清醒。那么晶亮,那么快乐,各自站在自己的位置上,成为美与真的融合。宇宙若没有星星，宇宙该埋在黑暗底下了吧；宇宙没有星星，人将用什么信心爬上床去，用安息度过黑暗，直等到明天的光明来临？人将凭了什么知道光明还未曾死灭？

可是宇宙神奇中之神奇者莫过于我民族里巨万的星星。在黑暗—抗战的洗礼—要临到的时候，他们各自站好了自己的地方准备着。他们是丰繁得无比，在战场上，在壕沟里，在大炮旁边，机关枪底下，也在水火死亡，流离破散中间，在×人的刺刀尖和靴尖上，在×人间谍，汉奸的侦逐网下，总之在一切失去了漂亮背景的场合中，他们谦逊地屏绝了自我狂和虚荣感而生活在大时代黑暗的一面，用自己的光明作光明，用自己的能力当启示，作为永恒光明的保障。我想着这些神奇美妙的星子，心头是涌着血潮，而眼中却不能忍禁泪珠！我们巨万巨万的星星，是以伟大的沉默在×人无比的喧嚣之下，黑暗用各种的张狂吼叫以增加它的威势，而我们的星星除了以十分至心发出它万年生命中最完美无缺的光明之外，他们缄着口经历碎尸裂骨，被苍蝇吃死，被疼痛咬死，被霍乱疟痢，暴暑隆寒鞭打煎熬至死，没有怨声，只有谦逊和笑容！这超越宇宙的神奇美妙，哪里再去找呢？这不是光明的铁券是什么？世上该有大群大群为了星星的存在而消灭了对黑暗的恐怖的吧，我因此而庆幸我是中国人，尤庆我生在今日！

（选自《大公报》，1938 年 11 月 7 日）

韦丛芜

韦丛芜(1905—1978),本名韦崇武,安徽六安人。著有多部诗集及外国文学译著。

绿绿的灼火

细雨纷纷地下着,阴风阵阵掠过野冢,我的骨骼在野冢上直挺地躺着。

光已经从世界上灭绝,我的骨骼已经不发白色。

我这样死着,——

在空虚里,在死寂里,在漆黑里死着。

唉唉,我的骨骼怎的又在微微叹息了!

唉唉,我的心火怎的还没有灭尽呢!

唉唉,它在里面又燃起了!

唉唉,又燃起了,绿绿的灼火又燃起了!

司光的神不能灭熄我的心头的残烬,绿绿的灼火又照亮了我的心的王国。

在这王国里,好像初次幽会似的,我的灵魂紧紧地拥抱着我心爱的情人,她曾白白地葬送了我的青春;

在这王国里，我又觅得我空洒了的眼泪，我失却了的力量，我压死了的热情，我的幻梦，我的青春，我的诗歌，我的雄心，——

这一切都齐整地罗列在爱的祭坛上，下面架着浇过油的柴火，当中铺着一个蒲团，——我知道，这是专等着我的灵魂的到临。

我的灵魂到蒲团上虔诚地跪下，柴火在下面燃烧着，我的诗歌在坛上呜咽地奏着，我的情人在坛上轻盈地舞着。

我的眼泪，我的力量，我的热情，我的幻梦，我的青春，我的雄心，……同在这火光中举行了葬礼。

火焰烧遍了爱的祭坛，火焰烧遍了心的王国……

但这只是绿绿的灼火。

——你又来了么，司光的神？我说。你这是第几次了？

——你知道，司光的神说，我并不是情愿这样的。

——灭不了的是我的心头的残烬，你何必使我的灵魂反复忍受烈焰燃烧的惨刑！

——你的罪孽太深了。

狂风吹灭了我的心头，急雨浇熄了它的残烬。

——它将不再燃起了，司光的神说。

——你这话说过几次了？我问。

我的心头暂得一阵莫名的清冷。

细雨纷纷地下着，阴风阵阵掠过野冢，我的骨骼在野冢上直挺地躺着。

光已经从世界上灭绝，我的骨骼已经不发白色了。
我这样死着，——
在空虚里，在死寂里，在漆黑里死着。

唉唉，但愿我的心火不再从骨骼中燃起了！
但愿我的心头的绿绿的灼火不再从骨骼中燃起了！

1926年2月17日晚

（选自《莽原》，1926年第1卷第5期）

焦菊隐

焦菊隐(1905—1975),天津人。著有散文诗集《夜哭》,继之出版《他乡》。

寂　月

凄流边伫立着小亭上的铁马,止了吟哦,把诗句抛向寂静的风,无处漂泊。

山下如烟的枯林,湖里苍颓凝死的苦水,和千年诉不出苦来的瘦石,都被晚雾覆盖着,静默无言。她的眼,看一看懒卧在山腰的暮烟,看一看殿脊上泣后乏睡的乌鸦和最怕见她哭脸的枭鸟,不自主地流下热泪。

谁曾知道她的寂寥,谁曾知道她的漂泊!当她埋头在黑夜里痛苦时,世间正是弦歌琴舞,彩饰灯笼;当她在光明的夏夜,拭干泪痕,加上胭脂,舞给世人时,这世间,便充满了虚空的赞美,高声呼呼,谁也不曾理会她舞衫上尚有泪痕斑斑。

冰寒的风酣睡着,人声寂了。她被弃在幽凉的荒野,独自呜咽。哭声倦灭了后,一片光明的静寂!

1927 年 1 月 25 日下午,燕舫湖畔

(选自《他乡》,北新书局,1929 年版)

李广田

李广田(1906—1968),山东滨州人。著有诗集《李广田诗选》、散文集《李广田散文选集》及文艺评论专著多部。

夕阳里

夕阳里我走向白沙旷野,白沙里闪着些美丽的贝壳。多少年前——此地可是无底的大海?多少年前——此地可是平湖绿波?我步步地踏着,颗颗地拾掇,我心里充满了说不出的凄切!

夕阳里我走向白沙野地,白沙里缀着些圆滑的石子。多少年前——此地可是平湖绿波?多少年前——此地可是大海无底?我步步地踏着,颗颗地拾掇,我心里充满了说不出的凉意!

夕阳里我离开那一片白沙,天边的落日已沉沉欲没。双双的足影印在沙上,低低的叹息响遍四野。我踽踽地走着不住地想,我心里充满了说不出的寂寞!

(选自《华北日报》,1930 年 3 月)

旅　途

不知是谁家的高墙头，粉白的，映着西斜的秋阳的，垂挂了红的瓜和绿的瓜，摇摆着肥大的团扇叶，苍黄的。

像从远方的朋友带来的，好消息，怎么，却只是疏疏的三两语？声音笑貌都亲切，但是，人呢，唉，人呢？

两扇漆黑的大门是半开的，悄然地，向里面窥视了，拖着沉重的脚步，又走去，太阳下山了，蠓虫在飞，乌鸦也在飞。

1933 年 10 月 20 日

（选自《汉园集》，上海商务印书馆，1936 年版）

缪崇群

缪崇群(1907—1945),笔名终一,江苏南京人。著有小说集《归客与鸟》,散文集《晞露集》等及外国文学译著。

取　火

早已被雨打破了的那窗格上的纸,现在一黑一白地颤动着,仿佛魔鬼在空的房里眨着眼。

还没有落尽的枯叶,寂寂地挂在槎丫上。不知哪里吹来的一阵风,它们全体抖擞着,我隔着玻璃望见了:如同急骤的泪珠,纵横地流在苍白的天底面颊上。

冻红的鼻子,缩短了的颈子,和从口里喷出来的那一股一股白蒸气,很足构成一幅图画的景色了。

风吹过了电杆,瓷瓶,树梢,是尖尖的哨子,或是猛烈的呼号,都给寒冷的进行曲做了一种伴奏。

盘旋在灰色的空中的几只老鹰,不知为什么啁啾地叫得那般凄怆。我想起了那永不则声的白熊,也想起了那不分昼夜,奔驰在西伯利亚原野上的狼群了。

冰、雪给大地披上一件最洁净的丧衣。

“让一切的回忆,一切的爱、恨、思、怨,都永远地埋葬在它的下面,恬静地不再复苏罢!”我独自喃喃着,祈祷着,可是远不及自然默默着来得沉痛与伟大。

有许多的日子我是一个人默默地坐在一盆火的前面（我不记得它是我取来的，还是谁送了来的），先是有着嗞嗞的声音，不久又发出一种清脆的迸裂响。几块煤或木炭，好像自成一所建筑，但不久就坍倒了，崩陷了，成了一堆像骨骼样的灰烬。短短的过程中，世界也转变成另外的一个了。

能流动的水，都凝结了。血没有停滞的缘故，那是为了心还是温暖的。爱，永恒地是火的燃物！给我火，给我光，我就会幸福，就会创造出幸福来。

1942.1.6

（选自《眷眷草》，文化生活出版社，1942 年版）

郭　风

郭风（1919—2010），原名郭嘉桂，福建莆田人。著有散文集、散文诗集、诗集等。

在雨中，我看到蒲公英

……是一阵骤雨

是一阵夏天的骤雨吧，雨从我们村庄的上空，从那好像松散的煤烟一般的浮云与浮云之间，洒下来了。

这时候，我看见有的雨水洒在溪岸边的乌桕树上了；有的雨水，洒到溪中了；——我看那流动不止的溪水上，在雨中生起一朵朵水泡，好像开放一朵朵珍珠般的花朵；开放了，在溪水上浮动着，又立即凋谢了……

我看见有的雨水，洒在村前的石桥上了；——过桥那边的溪岸上，有一条草径，两旁长着一片青草。我看见从我们村庄上空，从那煤烟般松散的浮云间洒下的雨水，洒到草径上了。

——那草径两旁的青草间，开放许多野花。我已经好些日子没有经过这条草径了。站在我家的门前，我远远望见那里开放的野花和她们的鲜叶，在雨中摇晃，好像在风中摇晃一样……

这时候，不知怎的，我自己以为，那开放在草径两旁青草间的野花，好像正在雨中向我呼唤，要我赶快走过石桥，和她们相见，谈心……

我戴上雨帽。我走上村前的石桥，是不是我的胸中有一颗童心？

是不是已经到老年了，我还喜欢幻想？我自己以为，那青草间的野花，看见我来了，一齐唱一支欢迎我的歌了。我走上石桥了。我看到一丛野菊了。——她们在夏天里开花了。我知道，从夏到秋，她们一直在这里开花。她们多么勤奋。她们好客，一看到我来了，我自己以为，她们便向我问候，一齐在雨中向我挥起蓝色的手帕了；这使我非常高兴。我沿着溪岸上的这条草径前行。我看见和野菊一起在青草间开花的，还有开着白花的草莓；我看见这些草莓已经结了桑葚一般的果子……

——我的心中，忽地感到一丛一丛的草莓，好像一群一群小姑娘。

她们手中携着小筐子，里面装着花朵和果实。一看到我来了，她们便一齐把筐子举起来，向我致意……

这使我非常高兴。我沿着溪边的草径前行。雨还在下着。这时，我看见和草莓一起在雨中开花的，还有开着红花的酢浆草，还有开着白花的酢浆草……

——呵，我真的非常喜欢幻想么？我一边走，一边看着开花的酢浆草，心中以为她们好像一群穿着白色舞衣的小姑娘，好像一群穿着红色舞衣的小姑娘。

她们一边在雨中跳着土风舞，一边在花瓣的酒杯里，倒上蜜……

我一边在心中想着，一边沿着草径前行。我多么高兴啊。我看见在前面的草丛间，在溪畔一棵很高很高的乌柏树的树根边，在雨中，一大丛蒲公英也开花了。他们和很久很久以前我所见到的一样，开着淡黄色的花；不知怎的，也不知从哪时起，我便觉得蒲公英的花是稚气的，天真的……

——呵，我真的非常喜欢幻想么？

怎的，已到老年了，我还非常喜欢幻想？是不是这些草间开放的野花，真的太美丽了，在我的心中唤起美好的想象了，在我的心中出现一个童话世界了？

在我的心中，一刹那间，这些蒲公英好像是一群花的小孩子了，我看见他们都戴一顶淡黄色的小便帽，他们都背一个小书包，他们排起队伍了；我看见他们一齐向前走，要上花的幼儿园去了……

忽地，我好像听见他们的队伍中间，有声音传来了：

"看啊，天边出现一条彩虹！"

我抬头一看，我看见在乌柏树的树梢，天上当真出现一条彩桥一般的彩虹，

这时候，我看见乌柏树下面的溪水中，也照耀着一条彩桥一般的彩虹，这水中的彩虹旁边，有天上的云影。还有岸上的树影和蒲公英、青草和草莓的影子；忽地，那水中的云影，仿佛化成蒲公英的小孩子、化成草莓的小姑娘一起走上水中的彩桥了……

啊，刚才下阵雨，下了一阵夏天的骤雨吧？现在雨停了。

（选自《梦见紫荆树开花》，中国社会科学出版社，1995 年版）

百合花

从广阔的草原上面，我们看到白色的百合花，素馨的百合花。从广阔的天空上面，我们看到星星开放的，黄色的百合花。

而从广阔的海，莫测的海上面，迎着欢呼的太阳，和狂热地舞蹈的海水，我们看到灿亮的百合花，发亮的百合花。

闪烁的，欢跃的，你仔细地观察吧，那是一瞬即逝，一瞬开放万千朵，大胆地死亡，有着强烈的活力的花朵，海中的昙！

水和太阳所孕育的百合花，开在海的胸膛上面的，多么富旺的花族。呵，我要驾一叶贝壳的轻舟，满载着我那自由的渴念，对于海的恋慕，和海滨少年的蓝色的梦想，到海中去采摘海的百合花，水和太阳的百合花。

（选自《现代文艺》，1942 年 9 月第 5 卷第 6 期）

柯　蓝

柯蓝（1920—2006），原名唐一正，湖南长沙人。著有小说、电影剧本、散文集、散文诗集30余种及《柯蓝文集》（6卷）。

我……（节选）

三

我……

严寒冰冻的冬天，我迎着凛冽的北风，在旷野上行走。

我看见不少树木的树枝，被风折裂了，地面上冻结了一层薄冻，一些枯草盖埋在冰的下面。

真寒冷呵，我全身颤抖。我甚至会在狂风中倒下去。

但是我想：凛冽的北风如此猛烈，难道它只是给了我恐怖、寒冷、动摇和颤抖吗？不，它还给了我其他更多的东西……

我仍然在北风中继续前进。

——给K的信

四

我……

我行走在荒野的大山之中。夜是如此漆黑、可怕。

我一个人不知疲倦地在崎岖的小路上，四处张望。只有一片黑色的模糊的树林和枝干拥挤在我的周围。不知什么时候下起雨来了。先是只听见树叶被雨打得沙沙地响，后来，越走雨点越大了。脚下有一股山水冲流下来了，但什么也看不见。

我觉得身上寒冷，一阵山风吹来，我双手抱紧在胸口上。这时，我才知道全身的衣服湿透了，头发在往下滴水，眉梢也往下滴水。这是从我自己身上滴下来的雨水。这一滴一滴的水珠，我甚至感觉到它的一种微微的温热……

此刻，我多么渴望一支火把。不是照亮道路的火把，而是给我心中温暖的火把。

——记夜上黄岭

某月某日在湘西途中

五

我……

我来到海边，向大海告别。向那翻滚的波涛，那无边的云水，那集聚不散的浓雾告别。我觉得我是在向一个无比伟大的跳动的心灵告别……

大海，我觉得你是接受了我日夜对你的思慕、怀念和我整个生命对你倾注的感情。

我走了，远远地走了。海潮一起一落地呜咽。于是，我觉得升起的海潮，托起了我的心。而落去的海潮，又把我的心牵走了。

海呵！你时刻在我胸中荡漾、洗刷、冲击。你是我心上不灭的英灵。

——写于渤海湾

七

我……

我在黄昏落日的余晖中，朝一条无人的幽静的小路走去。我的身影长长地拖在后面。我回头看了一看。不知为什么，我觉得沉重，步子十分缓慢……

我思索：一天快过去了。我今天给我的四周说了什么，又做了什么呢？什么是我今天的寄托呢？

人的一生需要寄托。就是短暂的一天，也需要寄托。

——写于青岛海滨

周梦蝶

周梦蝶(1921—2014),本名周起述,出生于河南南阳。著有诗集《孤独国》《还魂草》等5部。

垂钓者

是谁?是谁使荷叶,使荇藻与绿萍,频频摇动?
揽十方无边风雨于一钓丝!执竿不顾。
那人由深林第一声莺,坐到落日衔半规。
坐到四十五十六十七十之背与肩被落花压弯,打湿……
有蜻蜓竖在他的头上,有睡影如僧定在他垂垂的眼皮上,
多少个长梦短梦短短梦,都悠悠随长波短波短短波以俱逝——
在芦花浅水之东醒来时,鱼竿已不见。
为受风吹?或为巨鳞衔去?
四顾苍茫,轻烟外,
隐隐有星子失足跌落水声,铿然!

(选自《约会》,当代世界出版社,2015年版)

摆渡船上

负载着那么多那么多的鞋子，
船啊，负载着那么多那么多，
相向和背向的，
三角形的梦。

摇荡着——深深地。
流动着——隐隐地。
人在船上，船在水上，水在无尽上。
无尽在，无尽在我刹那生灭的悲喜上。

是水负载着船和我行走？
抑是我行走，负载着船和水？

暝色撩人。
爱因斯坦的笑很玄，很苍凉。

（选自《刹那》，海豚出版社，2010 年版）

曾　卓

曾卓(1922—2002),本名曾庆冠,湖北武汉人。著有诗集《悬崖边的树》,散文集《曾卓散文选》等。

大　江

我的一生都是在长江边度过的。

长江流过我整个的生命。

我的生命中震响着长江的波涛声。

长江的波涛声应和着我母亲的摇篮曲。

江滩上留下了我幼小的足印。我望着大江上的千帆、巨轮。我望向白云下的远方。波涛声孕育着一个少年的梦幻曲。

在抗战的烽火中,我溯江而上,在异地生活了八年。我离开了家乡,但没有离开长江,没有离开流向家乡的水。涛声中震荡着我的思乡曲。

第一次闯入夔门时,我震动了。挺拔的群峰紧逼,大江翻腾着,吼啸着,惊涛拍岸。从那里开始了一段最险恶的道路,而也正是从那里开始,长江被带来了最壮丽的景色。

于是,我有了对生活的夔门的认识和启示。

我见到过在朝霞辉照下的长江。

我见到过大江上浑圆的落日。

我也见到过烟雾迷蒙的长江,见到过江上的大雷雨。

而大江永远向前奔腾。

而我在大江边奔波,有时在阳光下,有时在雷雨中……心中永远激荡着大江奔腾向前的波涛声。

我在少年时,先是在江滩奔跑,嬉戏。后来试探性地赤脚探入江水。在喝了不少浑黄的江水后学会游泳了,成了大江上的弄潮儿。

十多年前,为了教孩子们游泳,我又投入到江流中。

我回忆起少年时在江中学游泳的情景。

几年前,我又到长江游泳。这一次,轮到孩子们来照料我了。他们已都是横渡过长江的健儿。

“逝者如斯夫,不舍昼夜!”

而一代又一代新的弄潮儿在成长。

我常常在大江边徘徊。

大江从远古流来,流向未来。

大江从远方流来,流向海。

我眺望着浩瀚的江流,一直望向未来,望向海。而且我倾听着,我不知道在耳边震响的是心跳还是波涛声……

(选自《长江文艺》,1986 年第 7 期)

王尔碑

王尔碑（1926— ），本名王婉容，四川盐亭人。著有《美的呼唤》《王尔碑诗选》及《寒溪的路》等。

群 山

高高的骏马，站在天上。水蓝的天空，可是它的草原？

马头，淡墨色的，淡墨色的 A 字形山峰，固执地在做梦。

马鞍，纯银做的。积雪，赠予纯银的期待。

一株树的叶子红了。

一个脸儿红扑扑的少年，携着一串铃铛来了。

他跨上马背……

于是，沉睡了亿万年的白宝石红宝石，爆发一声哗笑，纷纷飞出梦境。

红蜻蜓

走近你，红蜻蜓忽然暗淡忽然后退。

小小的昆虫，也迷信距离？

逃离奇迹，游历死亡。之后，走出长长的黑洞，阳光，正在洒下万紫千红的音乐。

红蜻蜓跌入一个孤独的梦。

纵然，她有一百只眼睛（在黑洞里诞生的眼睛），尘世上再也看不见你了。

她在湖上饮水，轻轻地点水之间，湖心忽然涟漪着你的影子，朦胧的清晰的许多不同的你：或歌或哭或笑或怒或沉思……她在树上远眺，沙原的尽头，白茫茫的天路上，有一队骆驼悲壮的剪影，她久久地凝视着步履从容的你。

于是，红蜻蜓忽然想飞。

远山，你就是她不可走近的远山吗？

耿林莽

耿林莽(1926—)，江苏如皋人，现定居山东青岛。著有散文诗集《醒来的鱼》《五月丁香》等，散文集《人间有青鸟》等，文学评论集《流淌的声音》等。

羊年牧歌

草呀草呀，柔柔的草又蔓上了山坡。

牧羊人逐水而居，寻求新的桃花源。

空山流水，蝉声如隔烟雾。

(羊们吃草，你吃什么？)

远山游动，不是水的波。阳光的风衣闪烁。

草叶上的露珠，是仙女手上的指环，一瓣瓣被羊们小小的蹄印震落。

你坐在那里，在想些什么？

(你在想：羊们啮着绿草，长出来的毛，怎么是白色的呢？)

峡谷间，水声潺潺犹如脚步。

（谁上山来了？）

羊们偷偷地，啮吸阳光之乳……

你没带羊鞭，手中握着一根芦管。

远离村庄，远离尘世的喧嚣，背倚一棵大树的你和你的羊群，全打盹了。

睡完一个世纪：洁白的忘情。

（选自《散文诗六重奏》，河南文艺出版社，2011 年版）

野草莓，山谷之唇

瓦罐里没有水了。手握枯枝，吮吸不到露水和雪的山谷女子，在崖边守望着什么呢？

羊角上有风，轻轻吹过。阴影自峡谷升起，那是绿色丛林，在一场新雨中灿然生辉。满坡满谷，都披上了她的发丝。

山谷女子，在崖边守望着什么呢？

悬挂在高山的阳光瀑布，弹落半坡，草丛里的野草莓，是水中的火焰。一粒粒，大地胸脯上野性的原欲的种子，飞翔。

山谷女子，在崖边守望着什么呢？

羊群自山下，啮出一条小路，吹笛子的少年，穿红衫的少年，蹲在那片草地上采撷。

山谷女子，在崖边守望着什么呢?

野草莓，大地胸脯上野性的原欲的种子，染红了山谷之唇。

鸟的歌

我看见鸟儿从绿色的森林里飞出来了。我看见它们停留在崖谷近旁，一口口地吮吸着山涧的流泉。我看见它们拍着轻捷的翅膀飞走了，我看见了那映衬它米黄色羽毛的一角蓝天。

飞落在碧绿枝条上的鸟儿唱起来了。它们“唧唧唧唧”地唱着，自由自在地唱着，没有统一的音阶，没有均齐的节奏，然而声音很和谐，朴素而且纯真。

鸟的歌自由自在地流，就像乳白色的雾从山坡悄悄掠过，就像树林里柔嫩的叶儿轻轻地抖，就像洁白的云卷缓缓舒开，就像流水经过狭小的石径，发出急促跳跃的铿锵之声。

有一股轻轻的风传递着幽谷里野花的清香，有一滴圆润的露珠从树梢坠落，有一缕霞光偷偷染红了悬崖峭壁，有一群系着红领巾的农家孩子，唱着歌儿上学去了。

这时候，在这山野的寂静中，在这新鲜的气流里，在这没有惊恐的猎枪和窒闷的鸟笼的地方，我听着这些有着轻捷的翅羽的鸟儿唱歌，我听懂了它们的欢乐与希望。

（选自《鼓声遥远》，四川文艺出版社，2012 年版）

罗　洛

罗洛（1927—1998），本名罗泽浦，四川成都人。著有杂文集《人与生活》，诗集《春天来了》，外国译著诗集《法国现代诗选》等。

彩　湖

蓝色的湖……啊不，湖不是，至少不完全是蓝色的。

当我站在海拔约四千八百米的甘巴拉山口，远眺着山麓的羊卓雍错的时候，我看到的就是一个闪动着光辉的彩色的湖。

彩湖。在最初的一瞥之下，我有点不相信自己的眼睛了。因为这和我原有的观念太不协调了。湖，不是蓝色的么？我亲眼看到过的湖是蓝色的，我从电影、画报上看到的湖是蓝色的，书里写的，歌里唱的湖也是蓝色的。只有童话里的湖才是光辉闪耀、五彩缤纷的啊。

然而，展现在我眼前的毕竟不是想象中的童话，而是无可置疑的现实。

彩湖，是的，彩湖。湖滨仿佛镶上一条宽宽的深绿色的缎带，延向湖心，逐渐化为一片蓝色的绸巾。直射而下的阳光，把万顷流动的光波倾泻到湖里，金色的光波在湖面跳动着，闪烁着。白絮似的云朵仿佛悬浮在湖水中，似动似静，似浮似沉。这真是一个光与色交相辉映的彩湖啊。

当我逐渐走向湖岸，我才逐渐明白了羊卓雍错之所以成为彩湖的原因。

湖边，水深不过数米，那浅处，水色透明，湖底的石块历历可见，有时还可看到在石间游来窜去的高原裸鲤，但离岸数米一直延伸到百米以外的，则是茂密地丛生着的蓝色的水藻，仿佛是在水下筑成的一道绿墙，阳光穿透不了它们，湖面因而成为深绿色。再往湖心延伸，水深达二十米以上，水藻稀疏，高原特有的碧蓝的天空映入湖中，湖面便成了一片翠蓝。随着天气的晴晦，阳光的强弱，湖面的颜色便随之而变换，或翠碧相间，或蓝绿交辉。如果一轮红日浸入湖中，更有一番壮丽的景色。

我在湖岸上缓步走着。三五成群的斑头雁在不远处展翅翱翔，几匹骏马低头细嚼着青草，清浅的溪流灌溉着湖畔的青稞地，稍远处，平坦的屋顶上冒出了缕缕炊烟，仿佛在为远道而来的客人准备喷香的奶茶……

那么，羊卓雍错，不仅湖水是彩色的，那环湖四周生气勃勃的生机不也是彩色的么？

（选自《雨后》，四川人民出版社，1983 年版）

李　耕

李耕（1928—2018），原名罗的，江西南昌人。著有散文诗集《不眠的雨》《梦的旅行》等多种。

夕阳，在树梢

只是一瞬吗？

树梢的叶染红了，归鹊的翅染红了，天边的几颗小星星染红了。夕阳，在树的梢上，燃亮了一簇簇火焰！

只是一瞬啊！

树叶把火焰藏进了心里！

归鹊把火焰藏进了翅里！

只有星星的火光在照亮着夜行人的路。

不是一瞬啊！朋友！

当星星用火光点亮黎明的时刻，树的叶，点亮了它的火焰，鹊的翅，点亮了它的火焰，并飞翔着将这光送遍大地。

（选自《散文》，1981 年第 5 期）

沙　幻

三千里沙漠幻于梦。无树无草无小虫飞鸟,无水无火无孤烟之孤。无饥渴,所以无饥渴的背影。只有无雨的雷电的声音,只有干涩天空几朵枯云的形象。

三千里沙漠,

只剩下三千年前剩下的孤独的骷髅……

太阳梦

蝼蚁,沿太阳的光爬行,欲寻太阳一梦,所觅得的,无非一粟而已。

红蜻蜓,在太阳下飞动,是风的影火的影,其实是自己的影……

秋的蓝天

雁的翅翎,不知掠痛云的肉体否?我是从风的吟哦中听见雁的飞翔与云的惊恐的。

蓝天之秋,爽丽。

爽丽的匆匆过客,爽爽丽丽的君子气度。

云痛了,也不埋怨。

雁飞过,留影于蓝天的记忆……

(选自《山东文学》下半月刊,2017 年第 12 期)

孔　林

孔林(1928—　)，山东荣成人，著有《孔林诗选》《孔林散文诗集》等诗集、散文诗集。

奔　马

一团火，一道电光，滚动在茫茫大野。

太阳躲在云的背后，风隐入密林深处，窥视旷野上滚动的气流。

麦海，金色波涛卷起拍天巨浪。

天在跳跃，地在跳跃。

山如行进的驼队，河似银蛇狂舞。

雷声驰过蹄印，沉寂和荒芜化为烟尘，在激荡的漩涡中飘飞消失。

长鬃卷起巨浪，嘶鸣如狂笑，劝告湮漫沁爽的鲜草，俏丽艳红的野花，仰起头颅看天。

当一轮红日从马背上坠落，苍天和大地一片星光闪烁，犹如灿烂的宝石。

奔马高扬起前蹄。

巍巍然屹立于大地。

张　岐

张岐(1929—2005),山东长岛人。著有散文集《螺号》,散文诗集《蓝色摇篮曲》,儿童中篇小说集《神秘的小岛》等。

潮

一望无际,碧水碧空。浪花逐着浪花,涛声撞着涛声,哗哗哗,隆隆隆,汇成一海的沸腾……

年复一年,日复一日,这儿的潮,弹奏着自己的旋律,从无空拍和休止符。

我没到过钱塘江,无缘领略"来疑沧海尽成空,万面鼓声中"的壮观场景。可这儿的潮,牵动了我想象的翅膀。

成山头,你的潮为什么奔得如此匆忙?

成山头,你潮流的歌为什么如此高亢?

哦,我明白了,因为到了"天尽头",你的脚步才迈得如此急速。脚步急,追赶飞旋的日月之轮。歌声高,在把你深邃的哲理宣讲:

万物都有自己的追求。有了追求,就不应踟蹰、沉默。

看,潮流上,冲云的鸥鸟。潮流中,击水的飞舟……

别离你多久了,你还在我心海澎湃……

(选自《散文》,1985 年第 8 期)

张　克

张克(1930—　),笔名易水,贵州安顺人。著有多部诗集、散文集。

在涪陵,我看见乌江怎样汇入长江

在涪陵,我看见乌江怎样汇入长江。我看见乌江奔腾而来,伏在长江的背上,欢跃着,嬉戏着,然后汇入长江的波浪。

乌江消失了。我乘的船继续向下游行驶。不知为什么,我仍处处感到乌江的存在。

在夔门,在“众水争一门”的夔门,我看见乌江也在侧着身子拥挤,而且比谁都显得着急,也许因为它是后面加入的吧,它生怕赶不上,通不过,又被落在后面。

我有时在听长江的歌唱。面对这样一个和谐的气势磅礴的大合唱队,我仿佛看见乌江也在那里变换着各种口型——通过那些漩涡。可是我无法辨出哪一部分是这位合唱队员发出的歌声。

载着轮船前进的江水中,分明也有乌江参加的力量,可是我却指不出哪一副是乌江挺伸的肩膀。

我悄悄问长江:“你到哪里去?”我又仿佛听见一个熟悉的声音跟着回答说:“到大海去。”我到处寻找。乌江,你是在哪里说话？

我真希望家乡人都能到涪陵来看上一眼，那么，你便会知道，从你门前经过的那条小河，为什么要跑得那么匆忙……

（选自《缪斯们的喀斯特》，漓江出版社，1988 年版）

陈　犀

陈犀(1930—　),原名任萧丁,河北宁河人。著有诗集《山村》《田园抒情诗》,散文集《和弦》等。

江　南

水上,拱着古老的石桥,像一弯清秀的眉毛;

石桥下,还有水中的桥,还有,人和伞,狗和栀子花,竹笠,卖蒸糕的担子,都在潋滟的波光中,晃着影儿;

河的两岸,是窄而陡峭的;岸上有走马转阁的回廊,有伸向河面的茶楼、书场、酒肆;还有住家户,住家户后门的石梯坎,姐儿妹儿们都蹲在石梯坎上,洗菜,濯足,淘米;

她们的印花头巾,像一朵朵彩色的香草;

她们轻柔的话语,像紫燕归来,在弹奏呢喃的春歌。

在桥上,桥下,蔑萝里,是活鲜鲜的鲥鱼、刀鱼、鳜鱼;

竹篮里,是水淋淋的荸荠、莲藕、茨菰、菱角;

小街,虽是用石板铺的,但却像泡在水里,像一条条河道港湾,腥也腥得有味儿,润也润得有味儿……

也许,这就是江南,江南一角的素描。

那苏州评弹,那轻柔俏丽的丝弦之声;

那比西施更美、更为聪慧的少女;

也许,这就是江南的形象和性格……

(选自《厦门日报》,1984 年 6 月 15 日)

李　萌

李萌(1931—　),原名史雪云,曾用名李敏,笔名艾艾,祖籍江苏常州,上海人。著有《李萌短诗选》(中英文对照),散文集《爱的呼喊》,散文诗集《爱之花》等。

晓　月

曾经有过满天乌云,曾经有过惊雷轰鸣,曾经有过狂风怒号,曾经有过死一般的寂静。啊,洁白而明亮的月啊,不停地踩着滚动的轮子,从东到西,从西到东,永不疲倦,默默地守卫在辽阔无垠的天空,给人以素洁的银白色的光,给人以慈母般深情的爱,给人以蜜一般甜的梦。

黎明,在青灰的天空,轻纱般的晨曦遮住了月的秀眉,盖住了月的美容,只留下月的淡淡的倩影。月,温柔地微笑着,是那样安详,只待炽热的火球——太阳露出地平线的瞬间便张开薄薄的嘴唇,对太阳轻声地说:“我虽然守住了漫漫长夜,但却只能把淡淡的光洒向人间。如今,你勇敢地把黑暗驱逐,给人以光,给人以温暖,给人以生的希望,我从心底里向你祝贺。”慈祥而又明智的月,悄悄隐退在拂晓的光波之中,把辽阔无垠的天空让给了光明的使者——火红的太阳。

(选自《文学报》,1982年11月18日)

唐大童

唐大童(1932—),又名唐大同,重庆南川人。著有散文诗集《大江东去》《唐大同散文诗选》等10余部。

我在沙滩上寻找

啊,多么光滑的彩石,多么美丽的彩石。

像在海滨寻找贝壳,我走进了一个多姿多彩、熠熠闪光的世界。

晶莹透明的,像一颗没有污染的心;

黝黑发亮的,像一对纯洁的瞳仁……

深灰色的象征人生的凝重;

赭红色的象征爱情的赤诚……

多少岁月多少浪涛的撞击冲刷,多少年代多少日晒雨露的孕育。无穷无尽的大自然的演变孵化的精灵!

每颗彩石都有一部漫长的历史,有记载和没有记载的历史。漫长岁月的高度浓缩和结晶啊!

花纹,是野蛮时期的流水留下的古老语言吗?

光泽,是蒙昧时期的亮光刻下的古老诗句吗?

银白的,记载着皑皑雪峰那无数次的隆起和崩塌?

青绿的，记载着茫茫原始森林那无数次的萌生和毁灭？

灰黑的，是历史滴下的泪珠凝固而成的吗？

殷红的，是历史渗出的鲜血冰冻而成的吗？

我在沙滩上寻找彩石，分辨历史的曲折和正直；

我在沙滩上拣拾彩石，认识历史的肤浅和深邃；

我在沙滩上挑选彩石，验证历史的黑暗和光明。

而我的脚下，就是经过历史过滤、沉淀而成的彩石铺起的路，从现实通向未来的路。

（选自《二十世纪中国散文诗大观》，同心出版社，1998 年版）

海　梦

海梦(1932—　),原名吴怀乡,四川金堂人。著有《海梦文集》及中、长篇小说多部。

镜　海

我是你水中醒来的鱼。

斜光满地。站在你的海市蜃楼,寻找我失落的追求。

阳光、鲜花、微笑铺成我生命蓝色的草原。一阵风掀动晶亮的露珠,打湿我熟透的早晨。到了黄昏,远方流动的浮云,才把爱情轻轻荡进我寂寞的心海……

啊,镜海,如今你的心也同我一样静吗?无名的野花在你身边悄悄地开放,情侣、笑声,闪烁的目光、紫色的音符……汇成追逐的大潮一齐涌向你迷茫的人生,也染蓝了我失落的追求。

篝火晚会

诗人与藏民围火而坐,人生难得野一回。

山野的寒气,摇动着篝火。童话与欢乐在金秋的夜晚燃烧。

一刀一刀割着烤羊肉的鲜味,也割着歌声与笑声。

夜已深，酒已喝完，歌兴未尽。才发现，山野的冷雾潮湿了老人和少女的衣襟，也潮湿了那位年轻藏族歌手心中萌动的爱情。

古磨坊

你被冷落在树正群海的歌声之中。

长满青苔的木桥，依然俏丽。你沉默地凝视着风风雨雨在你面前闪过……

你的功劳人们不会忘记的，何必咬牙咒骂年轻的磨面机夺走了你的爱情？

其实，今天你依然风采，少男少女不都把你作为背景摄入镜头，成为风景中的风景？

（选自《散文诗世界》，1993 年第 5 期）

满汝毅

满汝毅(1932—),笔名方其人。著有长篇小说《金辽宋三国演义》《千古异帝海陵王》,散文诗集《太阳岛情思》及剧本等。

花

你见过北方山野的花吗?

春二三月的时候,从干枯草窝和岩石缝中,顶破坚硬的冻土,抖落岩石的冰层,散散落落,没有诱人的艳丽,默默地望着春天的太阳。

早春的第一场风雪压来了,它经受着风的捶打,雪的磨炼。

花,开得更粗犷了。

归

远山,重重叠叠,万木参天,夕阳斜照,云收云起,时晴时暗。

一道虹,在伐木者脸上,开红花一片。

蜜

丁香花开了,椴花也快开了。

蜂庄上的四十八个泉眼,滋润了四十八个花环。我们这地方真好哇:水清花秀,山河淌着蜜浆,土地流着甜香,一把土也会攥出蜜,甜透了苦日的愁肠。

小蜜蜂飞到南北,又飞到西东,小蜜蜂驮着一天云朵,斑驳晶亮透明的翅膀,像船儿鼓满前进的征帆。

千箱蜂断路,大千酿芬芳,花潮涨呵花潮落,把生活酿得如蜜一样……

呵!花的山野,花的流川。

呵!蜜的世界,蜜的家乡。

(选自《北方文学》,1979 年第 10 期)

洪　洋

洪洋(1932—　),湖北武汉人。著有多部长篇小说、中短篇小说集、诗集、散文诗集等。

月色水声

夜阑人静,风轻水平,香溪河边,临江楼上,独自凭栏伫立。

蓦然,从天上撒下万千银球,银球滚动在江波上,通明透亮。抬头,一轮圆月浮在两山之间,峰峦披着一层轻纱,薄如蝉翼。低头,那深深的峡谷里,峭壁的阴影更加浓重,森森似漆。

这时,从那深邃的峡谷里,传来了江水的声音:

"叮咚!叮咚!叮咚!……"

夜愈静,风愈轻,月愈明。水声清脆、高亢、洪亮、音节铿锵,如歌似吟。

歌吟?

歌吟!歌中有屈子的魂灵。

就在这香溪河边,有诗人屈原的故里。屈原的子孙都说,诗人投汨罗江后,全秭归城为他招魂,动地的哀声搅翻了江水,召来了一条神鱼。神鱼过洞庭到汨罗,衔回了诗人的躯体,诗人就长眠在峡里。

"叮咚!叮咚!叮咚!……"

我伫立不动，屏息静听。仰观直刺青天的高山，峰峰化作诗人的笔；俯视奔雷驰电的江水，滴滴是诗人的血泪。夜已尽，月已落，天将明！

“叮咚！叮咚！叮咚！……”

（选自《长江文艺》，1962 年第 8 期）

戴砚田

戴砚田(1932—　),笔名路拾,河北昌黎人。著有诗集《春的儿女》《渴慕》及散文集、小说集多部。

长城的叮咛

应着长城的呼唤,我来看望长城老人。站在峻险之巅,我倾听长城的叮咛。

不要给我编悲剧,掀过那一页长城可以哭倒的传说;不要给我编喜剧,长城永世不可跨越。说我是历史的见证,这是事实。

我,是说明了许多啊,也令人产生成千上万个不可思议。我不是天上落下来的,是从凡人手上生出来的。记住:凡人是我的生身父母,如果我伟大不朽,那他们该是怎样的呢?

不要忘记,沿千山万岭筑起的这些砖石,一砖一石都是无语的生灵。雉堞、楼角,都充满了记忆。

听见了“修我长城”的壮语。来吧,欢迎你们——祖宗的值得骄傲的子孙!你们决心回复一个值得骄傲的证明,遥远的历史变得亲近,将一个伟大的民族的追求加以延续。

倾听着,铭记着,酸枣刺的微黄小叶,刺儿菜的紫穗小花,车前草铺开宁静,蒲公英摇曳出夏色。

抚摸着残砖碎灰,依靠着断壁颓垣。我倾听,我思考。

是谁在拍长城云海，镜头在阳光下一闪一闪。是谁在高声朗诵，用我们的血肉筑起新的长城。

我挺胸昂首，张开双臂，向长城老人致敬。他也伸出双手送我，一只手是山海关，一只手是嘉峪关。

（选自《二十世纪中国散文诗大观》，同心出版社，1998 年版）

文　牧

文牧（1933—　），湖北省五峰土家族自治县人。著有诗集《抗联叔叔到我家》，散文及散文诗集《小伐木人的歌》等。

窗　口

我家住在图们江畔，明亮的窗口正对着蓝色的图们江。

啊，江水腾起金色波浪，那是暴风刮起江岸的尘土在江上飞旋；江水泛起银色的浪花，那是微风徐徐从江上掠过，使大江更加多情，更加舒畅。更难忘，那四月的桃花水，冰块在撞击，满江春水在奔腾。啊，春天的图们江，复苏的大江胸怀激荡，我听见江水在纵情歌唱，豪壮的歌声拍击着人们的心胸。

盛夏和金秋的图们江，有木筏在江上畅流。长白山的红松、白桦和楸子……在放排工人的号子声里，像驯服的野马飞流直下，江水回荡着流筏的歌，蓝色的图们江载着歌声流淌。

我家住在图们江畔，那明亮的窗口，映入江流撞击我的心口。图们江日夜在歌唱，我心中也唱着一支深情的歌——那是礼赞图们江的歌，那是献给祖国母亲的歌。

（选自《新苑》，1980 年第 4 期）

张着小伞的草蘑啊

啊，春天刚刚迈着步子要离开科尔沁大草原，这时候，夏天却悄悄地来到了草原。

孩子们在草地上欢腾雀跃，他们是多么渴望着夏天的到来啊，草原上的水库可以尽情地游泳，把皮肤晒得黑黝黝的。而他们更加喜欢夏天的雨季，一阵风，一阵雨，草啊，绿得发蓝了，多么好呀！草地上处处开着花朵，他们不就是一朵朵盛开的鲜花吗？开得多么可爱。

在冬天，朔风把草根根一丛丛一片片吹到了牛羊集中的低凹地方，那牛羊总踩的地方啊，就很自然地裂开了缝了，草根吹进了缝里。等到春天，嫩绿的草长得多好！到了夏天，大雨过后，孩子们就看着闹着来采草蘑了。一圈一圈，一丛一丛，啊，那张着乳白色的小伞的草蘑，那张着杏黄色的小伞的草蘑啊，多厚啊，多好呀！

孩子们唱着自己编出来的歌儿在采草蘑——

我们是祖国的花朵，我们开在草原大花园。

草蘑张着小小的伞，静静地顶着晶亮的水珠儿，露出微笑的脸蛋，欢迎啊，欢迎孩子们来采摘，在歌声中草蘑进了小筐筐，而有的草蘑却在做着梦啊，它们要到祖国各地去旅行。

（选自《二十世纪中国散文诗大观》，同心出版社，1998 年版）

郭维东

郭维东(1933—),吉林吉林市人。著有诗集《葡萄园情歌》等。

绿 风

轻柔的,湿润的,温馨的。

一股股,一阵阵,轻抚着大漠昏眩的意识。

封闭的记忆被重新唤醒。那绿色的风已葬在遥远的岁月。

如今它又徐徐吹来,大漠用它广阔的心田,尽情地接纳。

它知道,绿风将给它带来什么……

篝 火

一朵一朵,像盛开的红玫瑰。

漠野静极了,可是它没有酣睡。

也许它睡得太久了,此刻醒来,瞳孔竟闪射着如此火热的光辉。

火光一闪一闪,像扑腾的翅膀。也许大漠就要起飞了……

(选自《二十世纪中国散文诗大观》,同心出版社,1998 年版)

秋 原

秋原(1933—2011),原名宋长远,山东文登人。著有《春潮集》等多部散文诗集。

春 潮

在黎明的寂静中,突然传来了山崩地裂的声响——开江了!

风,从窗缝里挤了进来,激动地向我耳语着:快去看啊,大江复活了! 于是它扯着我的衣襟向江岸奔去。

我和人们一起站在江岸上。只见被禁锢了一冬的大江奔腾着,汹涌着,以它不可抗拒的力量推开了坚冰,以它新生的冲力呼叫着,撞击着,把一块块巨大的冰排,山一样地竖了起来,又摔倒下去,溅起一片片雪白的浪花。

滚滚的春潮把坚冰击溃了,淹没了,迫使它驯服地和残冬一起向远方流去。

春水在阳光下欢笑着,在清风中舞蹈着,仿佛在告诉沿途碰到的每一个人,每一棵树,每一株刚刚露出地面的小草:“瞧,人们哪,快开始耕耘吧,播种吧,春天来了!”

春天啊,有什么能把你阻挡?

(选自《春潮集》,花城出版社,1981 年版)

春　雪

雪，飘落着，飘落着！

大片大片的雪花，从灰蒙蒙的空中，无边无际地飘落着。

飘落吧，你，春天的洁白的花朵。

那被严寒冻裂的土地，那被冷风吹枯的枝柯，那在泥土中等待着萌生的种子，是多么需要你那温柔的充满了爱情的小巴掌的抚育啊。

雪，飘落着，飘落着！

远处近处，铺天盖地地飘落着。

落在街道、江堤，落在红领巾的肩头、少女的眉梢，也落在我饥渴的心头。

飘落吧，春雪！

给生活带来新的快乐！

给大地带来新的快乐！

（选自《中华百年经典散文诗》，北岳文艺出版社，2003 年版）

胡　昭

胡昭（1933—2004），吉林舒兰人。著有诗集《草原夜景》，散文集《怀念与祝福》等。

踏浪者

小时候，看见两条铁链高高地吊起一根横木，我不知那是做什么用的。

看见大哥大姐们灵巧地跳上去，在摇荡的横木上走，我艳羡而又惊奇。

脚，轻轻地抬起来，抬得很低很低。——我觉得他们的身姿很美。

向前荡，停住脚；向后荡，走上去。有时也后退一些，为了更稳当地向前。

即使跌下来，也不过拍拍土，骂一句，引起一阵哄笑而已。

我不知道那就是浪桥。

我不知道他们是练习在波浪上行走。

今天，当轮船颠簸在海上，我看见水手的脚步，才知道：他们脚下踏的是波浪。

一边是栏杆，一边是船舱，湿漉漉的甲板在左右摇荡、前后摇荡……水手坦然地走动着。

风浪来了,风球不安地上下舞动,船头船尾处处在召唤……水手迅速地走动着。

一边是舱壁,一边是万丈深渊呵……

脚,轻轻地抬起,抬得很低很低,可步子迈得很大很大,每一步都准确而有力。——我觉得他们的步态很美。

勇敢的水手,踏着躁动的波浪。

矫健的水手,在海上飞翔!

海上阵雨

海上的雨,悄悄地来了,引不起半点惊奇。只听到它细碎的脚步匆匆来去。

没有什么能被冲倒,没有什么能被淋湿,没有什么能混而为泥;

只有那浅水里的鱼儿,争先恐后地伸过嘴来,吻着那雨滴的小脚,仿佛大为开心;

只有甲板和船台都微微发亮,透出一些儿欣赏。

既不能冲淡什么,也不能增加什么——这一点点雨,多么微不足道,大海全不理会;

若能掀起风暴,也许能激动大海,产生些抗争的兴趣。

它只能踏着细碎的脚步匆匆而去。

它只能悄悄地来,又悄悄地去了,留不下半点痕迹——海上的雨……

沙漠的云

沙漠上的天空是贫穷的，仿佛从混沌初开，就从来没有一只飞鸟翅膀的问津，就连稀薄的云朵也是懒散的、疲倦的。它在这空旷的孤独的大漠上空，漂泊了千万个世纪，终没能找到一个驿站，悲伤地哭干了眼泪，甚至连幻想也可悲地失去了。

云，沉重地漂浮着，也像一片干涸的沙漠。

（选自《二十世纪中国散文诗大观》，同心出版社，1998 年版）

程显谟

程显谟(1934—),四川自贡人。著有诗集《美神》,散文诗集《心灵的河流》等。

天　葬

咚咚皮鼓在前面引路。

老人长眠在皮袋里,被人扛着,念经声一路护送,一步步向祭坛。

皮鼓重重地捶击,长号呜呜地呜唤;苍空的鹰群如片片落叶,片片沉落,一下覆盖了老人。

他全部消失。他的魂灵拴在翅膀上了,飞天四望;串串牛羊如串串佛珠滚动,自己的血,已成巴颜喀拉细流,流进大江。

喜马拉雅升起的炊烟在半空划着吉祥的图腾。魂魄盘旋,一溜烟进入云城堡。

热　泉

喜马拉雅冻僵了么?银色板块,只是它的外表。雪被风掩盖了奔涌的热流,冰结的河床,被突如其来的利剑穿透。

穿透一个个角落，穿透坚硬的平面，在那里吞吐阳光，热气腾腾。

靠近它的草原，次第发芽。

赶牦牛的少女脱去藏袍，同它共浴，泉边摇曳的黄花，印证了冬日的誓言。

它咕噜咕噜，述说着地下温情，咕噜咕噜，在看不见的地方咕噜咕噜。

不甘心咕噜咕噜，在羊八井，霍然升起高高的旗帜了。

黎明中，望到了自己的身影，内心的炽热，在无尽地释放。

可可西里的黄昏

十路纵队，牵线般跳动双蹄，缓缓进入山的腹部，进入四面寒流包围的热温。

有一柱炊烟升起，时而横身抽出长剑，时而俯下身来，托住一卷卷哈达，献给可可西里。

炽热的轮迹一遍一遍，抚摸冰凉的双肩。

挂在雪山的红日，渐渐下沉。母羚羊一个个躺下。土丘之上，雄羚羊的角一排排直立，如一排排短刀，插在可可西里的黄昏。

（选自《散文诗》，2006 年第 1 期）

刘湛秋

刘湛秋(1935—2014),安徽芜湖人。著有诗集《无题抒情诗》,散文诗集《遥远的吉他》,外国文学译著多部。

雪

南国的雪,我们分离得太久了。

那微带甜味的湿润,那使人快活的冷气,那彩色梦幻的飞旋,伴着我少年的轻狂,再也无法追寻。

没有暖气也没有炉子的小屋,铁一样寒冷的硬被子,都无法阻挡对雪的渴望,只要睁眼看见屋外白花花的光亮,那就像涌进来一股暖流,勾起难以抑制的温暖的心情。

雪,南国的松软美丽的雪啊!

它纷纷扬扬,比春天一树树的梨花还要美。这时,北风变得柔和了,吹着它,上下翻飞,轻轻地降落,使人能看清那六角的菱形,看到一个美丽的童话世界。

不知它是想依恋天空,还是想委身大地。它忽上忽下,是那样的轻盈而自由啊!忽然,它落进了我的颈脖,像个小绒毛,却又摸不到它,产生了甜甜的微痒。我伸出手来,它会安静地落到我的掌心,在我的钟情的眼睛里,慢慢地消失了它的身影。有时候,真愿意伸出舌头，希望能接到一片雪花，那淘气的愉快里绽开了多少天真的梦。

雪，南国的松软美丽的雪啊！

忽然，我像一下子变成熟了，往往放弃堆雪人、打雪仗的乐趣，却愿意宁静地默默地走去，翻过废弃的铁路线，来到郊外，默视着广袤的天空和田野。所有的污秽和荒凉全遮掩了，只有雪，白花花的、纯净的雪。这大自然创造的最精美的白色拥抱了田野、山岗、房屋和树林。偶尔由于风的吹动，越冬的树和菜斑斑点点闪着一点新绿。

这时，眼睛和心变得多么亮，多么舒展。美丽的维纳斯仿佛就在你的身边，对着你微笑。所有的幻想都会脱颖而出，飞向雪的地平线，开出白色的花朵。

雪，南国的松软美丽的雪啊！我们分离得太久了，也许我还能追寻那没有污染的洁白，幼稚却纯真的梦幻和那寒冷中的温暖？

海上日出

透明的海水，洗润它；

温柔的海水，抚摸它；

苦咸的海水，浸泡它。

它不是天之骄子，像从高山上看见的那样，像从地平线上看见的那样，升腾而起，浑如一团火球；不，它是海的女儿，它有无限的柔美，它有洁白如玉的身子。它是刚出浴的女儿，带着淡淡的清香。它有经受过苦难的持重，而没有平步青云的骄奢。

于是，在淡青色的天幕上，石榴花开了；于是，在每一片船帆上，飘起一支红艳艳的歌曲。

敏　岐

敏岐(1935—　),原名许敏岐,四川自贡人。著有多部诗集、散文集、散文诗集。

帆与风

帆,徐徐落下,像一只敛了翅膀的鹰。

一天行程,又添裂口多少?山月,提着白晃晃的灯,在细心查找;而萤火,则在忙着缝合,一针,一针,一针……

山影好浓。

山月好亮。

浪花好冷。看在眯眼小憩,实在凝神静听。

——既然作为帆,它的经经纬纬,又怎能不渴望风声!

纤　夫

黑乎乎的一只船,搁停在黑乎乎的河滩。

远远的山峡,有野火一隐一现。

望了望野火,舐了舐嘴唇,俯下身子又背起了纤。

没有撕裂人心的呐喊，只有星光下一个如弓的身姿，一根颤动的弦。

沉　船

峡江底，有一只古老的沉船。

孩子们潜水的时候，透过阳光，黑沉沉，寒森森，仿佛都能看见它裂开的船体，折断的大桅。

有人说，应该赶快把它打捞上来！

那么，晾晒在沙滩上的将是什么呢？碎成一堆的陶片、瓷片，锈做一团的铁器、铜器，再有，就是遇难者的枯骨和一见阳光即成碎末的舱板……

其实，沉船的价值，就是长眠水底。

——对贪婪者，它永远是个神奇而又诱人的梦。

——对航行者，即使已经折断，却依然是一根令人凛然沉思的桅杆。

（选自《二十世纪中国散文诗大观》，同心出版社，1998 年版）

金　波

金波(1935—　),原名王金波,祖籍河北冀县,北京人。著有诗集《回声》《会飞的花朵》,童话集《小树叶童话》及散文集、评论集等。

一棵树,站在土地上

一棵树,站在土地上。

它是一支绿色的画笔,用它高高的树梢在一角蓝天涂抹着春天的颜色。

它举着一片片绿叶,像举着生命的旗帜,在招呼春风、白云和飞掠过的小鸟。

在月夜里,我看见它像一支点燃中绿色光焰的蜡烛。

然而,它只是一棵树。

它在等待更多的树。

一棵树,站在土地上……

(选自《文学报》,第156期)

阵　容

阵容(1935—　),原名王振容,祖籍辽宁沈阳,北京人。著有诗集、报告文学集。

卢沟桥

曾经,一声呼啸的子弹冲出枪膛,迸射着满腔怒火,弥漫了八年不息的烽烟。

那夜,连桥上数不清的石狮,也都泣血请缨;清且涟漪的永定河水,也陡涨千层巨浪。

为此,不愿做奴隶的人们,热泪欲烧,热血欲燃,手执大刀长矛,用血肉之躯筑一座御敌的长城。

觉醒的中华儿女,眉峰蓄着复仇的愤慨,两颊闪着不屈的豪情,在凌厉而嘹亮的号角声中,踏着跫然的足音,跨过这座晓月永驻的桥头,挥戈出征,爱深恨深在一瞬间化为永恒。

于是你便辉煌为一支民族抗战的序曲,激越的旋律汇入了黄河长江的万丈狂涛,壮浪了万众同仇敌忾的心潮。

岁月无痕。但蘸着血泪挥洒在卢沟桥的历史是有形的,不能篡改,不能漫漶。

昨天,并不遥远。

那些喧嚣几声便想掩盖昨天的家伙,没有一个不遭到历史的惩罚。

否则，你数不清的石狮也会爆出吼声……

（选自《二十世纪中国散文诗大观》，同心出版社，1998 年版）

公路旁的白杨林

一条公路，伸向无尽的远方。

公路旁的白杨林，俨然两排绿色的卫士，挺立成昂首云天的高大形象。

春天，你狙击肆虐的风沙；夏日，你肩住灼热的酷暑；秋风中，你睥睨落叶的飘零；冬雪里，你傲啸冻僵的大地……

然而，我选择夏日，我爱夏日公路旁蓊蔚参天的白杨林。你枝叶交柯，浓荫掩映，那是一年四季中最蓬勃旺盛的时节。

清晨，欢悦的鸟儿颤在枝头，亮开啁啾嘤鸣的歌声，迎来东方第一缕醒来的曙光；夜晚，不眠的星星挂在林梢，眨动晶莹灿烂的眼睛，瞩望着静谧皎洁的月亮。

行人走来，你颔首致意，投下一片浓浓的绿荫；汽车驶过，你绿手频招，肥硕的叶子在阳光下哗哗闪耀……

这里，曾是一片荒芜贫瘠的土地，缺少养料，缺少水分，缺少绿色的生机。但是公路修成了，需要系上绿色的飘带，于是造林者挥锹舞镐，对你寄予了厚望和爱心……

三十年了，公路旁的白杨林，果然未负所望。

啊！我赞美你，公路旁的白杨林！

（选自《中国散文诗大系（北京卷）》，广西民族出版社，1992 年版）

昌　耀

昌耀(1936—2000),原名王昌耀,湖南桃源人。著有诗集《命运之书》《昌耀抒情诗集》等。

河　床

我从白头的巴颜喀拉走下。
白头的雪豹默默卧在鹰的城堡,目送我走向远方。
我老远就听到了唐古特人的那些马车。
我轻轻地笑着,并不出声。
我让那些早早上路的马车,沿着我的堤坡,鱼贯而行。
那些马车响着刮木,像奏着迎神的喇叭,登上了我的胸脯。
轮子跳动在我鼓囊囊的肌块。
那些裹着冬装的唐古特车夫也伴着他们的辕马。
谨小慎微地举步,随时准备拽紧握在他们手心的刹绳。
他们说我是巨人般躺倒的河床。
他们说我是巨人般屹立的河床。
是的,我从白头的巴颜喀拉走下。
我是滋润的河床。
我是枯干的河床。

我是浩荡的河床。

我的令名如雷贯耳。

我坚实、宽厚、壮阔，我是发育完备的雄性美。

我创造，我须臾不停地

向东方大海排泄我那不竭的精力。

我刺肤文身，让精心显示的那些图形可被仰观而不可近狎。

我喜欢向霜风透露我体魄之多毛。

我让万山洞开，好叫钟情的众水投入我博爱的襟怀。

我是父亲。

我爱听秃鹰长唳，他有少年的声带，他的目光有少女的媚眼。

他的翼轮双展之舞可让血流沸腾。

我称誉在我隘口的深雪潜伏达旦的猎人。

也同等地欣赏那头三条腿的母狼。

她在长夏的每一次黄昏都要从我的阴影跛向天边的彤云。

也永远怀念你们——消逝了的黄河象。

我在每一个瞬间都同时看到你们。

我在每一个瞬间都表现为大千众相。

我是屈曲的峰峦，是下陷的断层，是切开的地峡，是眩晕的飓风。

是纵的河床，是横的河床，是总谱的主旋律。

我一身织锦，一身珠宝，一身黄金。

我张弛如弓，我拓荒千里。

我把龙的形象重新推上世界的前台。

而现在我仍转向你们白头的巴颜喀拉。

你们的马车已满载昆山之玉，走向归程。

你们的团栾月正从我的脐蒂升起。

我答应过你们，我说潮汛即刻到来，

而潮汛已经到来……

（选自《昌耀诗文总集（增编版）》，作家出版社，2010 年版）

门瑞瑜

门瑞瑜(1936—),祖籍山东东营,黑龙江哈尔滨人。著有多部散文集、散文诗集。

鲜卑陶片

我巡礼在茫茫森林,没有人烟的嘎仙洞口——流传神话的地方。神话远去了,历史回来了。

从历史海洋的深处,地下八千米,波涛翻涌,飘起了一朵浪花,小小的浪花,啊,这是一瓣鲜卑人的陶片。

我把陶片上的泥垢擦掉,它像一块乌黑小型的煤渣,光泽闪闪。啊,鲜卑陶片,你在地下沉默了多少世纪、多少载?而今历史学家怎能唤醒你?当年你或许是一个盆还是一个碗?用你汲水,用你就餐?装满猎物,或用在酒宴?你是鲜卑人最重要的生活器皿,你啊,盛满欢笑和痛苦,盛满文化和风习,土陶啊盛满发展的生命,一个民族的摇篮!

鲜卑陶片——一千五百年前的生活器皿破粉了,而今变作珍贵的一页原始档案。史书的一段,发展的纪元,从陶片窥见了鲜卑人进化的踪迹,从这片大森林出发,跃马南下,入主中原……多民族的国家统一了,陶片标志着一段历史的发展……

陶片,普普通通的鲜卑陶片,你是远古荒道的箭头一支,鲜明的路标——从这里走向历史深处,去寻根溯源……啊,鲜卑陶片!

(选自《诗林》,1985 年第 3 期)

凌　渡

凌渡(1936—　),原名凌永庆,广西崇左人。著有散文集《听狐》,散文诗集《视线中的彩蝶》等。

岜莱崖壁画

热血飞溅,生命得到了永恒。

绝妙的崖壁,矗立着悲壮的人生。

血,热热烈烈,永不褪色。

它染红了一个民族的曲曲折折,风风雨雨;它摇动了一个民族分娩的喜悦和争斗的痛苦。

也许业绩太辉煌了,太阳也羞红几分;也许太血腥了太残酷了,月亮面色如土,如此苍白,如此冰冷。

血,是最生动是最神圣的了。

所以我们的祖先才用它写成了这壮美磅礴的诗篇。他们懂得了只有血和泪——

才能震撼和昭示后来的子孙。

雾

在风景线上,我喜欢看雾。

山、水、树忽然醒来，都成了在雾中生动滑行的鱼。

雾，偷偷藏进神秘，也藏进给人思索的兴趣。

如果鸟音飞起，雾总把它兜住，小心写成，一曲无标题音乐，一首朦胧诗。

哲人的目光纷纷投来，透过湿漉漉的雾，随意摘下了些什么……

心灵悄悄湿润，就慢慢沁出了许许多多意象的美丽。

但，生活不应有雾，

我不喜欢被它罩着，因为我不想让别人，

看不清我的影子。

（选自《中国散文诗大系（广西卷）》，广西民族出版社，1992 年版）

白 渔

白渔(1936—),原名周白渔,四川自贡人。著有诗集《黄河源抒情诗》《烈火里的爱情》等。

牧羊人的口哨

在世界屋脊上,轻轻地飘呀,飘呀,时而急促,时而舒缓,甚至有点儿骄傲。

一声声,呼羊出圈——圈栏前顿时波涌浪跳;

一声声,唤羊吃草——牧场上一片白云缓缓地掠过,

无论是洗澡、剪毛,都用口哨召唤。

牧羊人的口哨!

是柔丝万缕,擦拭得羊羔油亮亮的;

是清泉道道,洗涤得山也翠生生的;

是青稞美酒,直灌得花也红勃勃的……

是有多少话要吐啊!——十年苦歌心中埋,直憋得人老山瘦!如今磨亮的银刀,正剥落着穷苦的厚茧!

不管它是A调,B调,都吹出当今牧人心中之曲,把一个民族的智慧和感情,表达得淋漓尽致!

听,牧人的口哨,飘进夜幕,月影下又换了一种情趣……悄悄地把哪家的姑娘在招呼、邀约?

黄河—孔雀河

玛曲,多美的名字!是出自牧人的幻想,还是古老的传说?

巴颜喀拉山常年风雪飞舞,何曾有开屏的孔雀?

是涓涓泉水,像羽翼垂挂草坡,汇聚成了星星海,宛如闪烁的孔雀彩斑?

是篝火旁的藏家姑娘,载歌载舞,彩裙翩翩,如开屏的孔雀?

每个藏胞在拉伊里唱着:

孔雀河上有孔雀呵,
羽毛插在净瓶里……

自从藏家把野羊驯为山羊,把白云织成帐房,就这么唱着。

从前,藏胞不论是饥饿、困苦,还是刀砍、鞭抽,也要用尽最后一口气,挣扎着唱一曲玛曲歌。

玛曲呵,玛曲!牧人们牧羊时这么唱,打酥油时这么唱,剪羊毛时这么唱,男男女女,甜歌苦歌,都在呼唤着吉祥的孔雀!

啊!黄河并不浑浊,它那漂亮的羽毛,在巴颜喀拉山的净瓶里插着,在藏族心上的净瓶里插着。

黄河,孔雀河!唱得多么动人!这支歌,从巴颜喀拉山升起,将飞遍整个中国。

(选自《二十世纪中国散文诗大观》,同心出版社,1998 年版)

许 淇

许淇(1937—2016),祖籍上海,后居包头。出版《许淇文集》(10卷),散文诗集《北方森林曲》《许淇散文选集》及小说集、散文集10余部。

阳关行

去年中秋节,我在嘉峪关。

春风不度而宜于秋。

当一叶坠,一叶而使关隘更具雄阔。

月亮真好!是蜜橘和甜橙的颜色;如此月情,像邂逅一位生死契阔的老友,温暖着周遭尚未冷却的黄沙。

朔风初起,拂开了一缕沉霞,似月容的眼睫,蛰醒在地平线的那边,瀚海的那边。

那边,敦煌千佛洞的供养人个个思凡,手捧的白莲花瓣瓣香溢。

那边,驼铃和木鱼敲得一弯泉水玉碎。

龟兹精巧的琵琶裸卧在乐妓的怀里,被爱情焐热了,鲜活在指的撩拨下,波荡着千年的渴望;森林蔚蔚的旋律里藏着的精灵渐渐地亢亮。

还有萧晨寥夜,听寂寞的羌管吞咽相思的秋露,还有失传的秦弦子，时而秦腔高调，时而喑哑游走在低音上，现代大提琴模拟着风，像黄叶敲门，像幽会的暗号。而秋风，吹掠了惊沙，大漠，荒古……

今晚，我坐在嘉峪关城头上遥望敦煌，我仿佛看见无数把火炬似的流星落在洞窟。蓝眼珠的盗宝者大呼着芝麻开门。中世纪的工匠们还在墓地劳作，他们身边没有女人，均化作飞天而去。于是他们涂抹大片的靛青，青蓝的中国银朱，在空白的时光之墙面。

他们的梦呓和喘息，震波似的传递到现在。

什么是地狱？大地深处的囚徒，被自己的艺术困住，不是永在的心灵的牢狱么？

地狱实在比天堂还要富饶。

那是去年中秋，我在嘉峪关。

秋月如霜，共祁连山头积雪看，

一样的照眼明，

一样的伤心白。

（选自《中华百年经典散文诗》，北岳文艺出版社，2003 年版）

黑天鹅

野天鹅飞来了，排着队飞来了！

那是在春天。那是在高高的山上森林里洁净的湖边。

湖水是去年的冰雪融化成的，所以洁净如天鹅的羽翎；冰雪是被绽出泥土的林中百花融化的，所以湖心漾着春天的柔情。

野天鹅飞来了，在黝黑的树冠上空，呼唤着“咕咕，嘎欧！咕嘎，嘎欧！”

它们收敛住翅膀，落在湖边，——依然是去年曾经的湖边。

湖边有一个达斡尔族少年，他讶异于神奇的降临。他赶快吹起木库莲。

“嘎欧咕！咕嘎欧！”……

少年是生命的树，少年是春之乐音。他模拟天鹅歌，唇边流出大欢喜。

其中唯一的一只黑天鹅，忽然不顾一切地向他扑来，用橘红的热情的喙，吻他牧鹿的花杖。原来黑天鹅曾被少年和爷爷从金雕的爪下救出，渐渐喂养大。爷爷和少年天天划着桦皮船叉鱼，扔给它哲罗鱼吞食；喂养大以后，放归南迁的家族中去的。

“爷爷呢?”黑天鹅用颈和翅的舞蹈，优雅地问候。

这时，达斡尔族少年的眼眶里，满含着晶莹的泪。

于是一切都明白了。天鹅哀唳着离去：“嘎欧咕！咕嘎欧！”

“一高一低，高高低，低低高……高低，高低，低低高……”

这是爷爷教给少年的最后的天鹅调。爷爷闭上笛孔般的眼睛。木刻楞窗外的风雪里荡过一支歌。而春天，悄悄地来到。

到了少年的春天。他弹吹木库莲送别天鹅和爷爷。呵！莫流泪，莫挥巾……

（选自《人民文学》）

罗文亮

罗文亮(1937—),笔名闻朗、云松,贵州毕节人。著有长篇小说《夜郎春秋》,散文集《旅途情缘》,散文诗集《布依情》等。

山群,昂起了头

山群集合起雄健队列。

——昂起高傲的头,那矗立在一座座高山顶的高压电塔;拉紧有力的手,那跨越山峦的稳实的高压线。

山群之间的维系,再不仅是躺在壑底、挂在山腰的羊肠小道。那弯弯曲曲、缠缠绵绵的节奏,千百年来软化了多少山的意志。尽管,那里面藏着溪流的清韵、山花的妩媚、小鸟的啁啾……

山,要有山的气魄!它要涌起雄劲的山风。它要托起鹰的翅膀。它要昂首高廓的蓝天。它要挽紧同伴的手。它要把蕴含在胸中的激情喷发出来。

啊!山群的队列昂起了头,拉紧了手,开始行进。以电的速度,以时代的步伐,以伟岸的英姿……

(选自《广州日报》,1987 年 5 月 12 日)

月下铜鼓声

“咚嗡——咚嗡——”

从寨旁的凤尾竹上飞出来了。从晒坝边的芭蕉丛中跳出来了。从穿过村寨的小溪里流出来了。从遥远的孩童的欢笑声中飞过来了……

节日的布依山寨的夜晚哟。

我坐在正扬花的稻田边，听着，听着。我的头顶，蓝莹莹的天上，一轮明月，歪着头，也在听着，听着……

欢乐的音韵哟。古朴的旋律哟。充满了夜空，潜入我的心中。

我的心被迷住了。月儿也被迷住了吧？

一切都在这迷人的音韵的旋律中浮荡起来了——月儿，在浮荡的月光中浮荡；我，在浮荡的空气中浮荡；那只夜鸟，从浮荡的树影中腾起，向明月飞去，好像浮游在透明的波浪上，那该是布依同胞的一颗心吧？翅膀上带着舒心的微笑，载着十里山寨的稻花香……

（选自《散文诗的新生代》，宁夏人民出版社，1987 年版）

邹岳汉

邹岳汉(1937—),湖南益阳人。1985年创办《散文诗》,2000年主编中国首套年度散文诗。著有散文诗集《启明星》《青春树下》及诗集《远去的帆》等。

古渡口

多少年了。

还是那个渡口。

还是那条渡船。

停停靠靠。春江秋月,不知多少来回。

两岸青山未老。过往船帆未老。过渡的人,也不见得比过去的老。

可是,我认识的这只渡船破旧了,老了。

我认识的这位渡船佬倌,鬓挂霜,眉沾雪,老了。

踏上悠悠晃晃的船头,躬身进舱,隔着通向舵舱的窄窄的小门,狡黠地探问:"还认得啵?"

睁大画满鱼尾却依然小河般清澈的老花眼,打量我好一阵子,才"呵"了一声——

"认出来了。你不是……哈,老了!"

是老了。

古老的河上。古老的渡口。

古老的渡船，咿咿呀呀，把一代代人

渡老了。

（选自《散文诗》，2011 年第 22 期）

海上落日

水天相接，烈焰腾烧。

漫步海滩。我看到天边悬吊着一颗熟透了，摇摇欲坠的太阳，安详地，躺进另一颗在海面上漂浮挣扎，即将沉没的太阳的怀抱里。

（久别重逢，还是最后诀别？）

拥抱着。拥抱成同一颗缓缓地陨落的太阳，缓步踏入清静无为万有同一的境界。

百鸥。

翔集。

抖开。一匹光芒闪烁的金波。轻轻地，轻轻地覆盖了它们。

（谁举起照耀它们归途的烛光？）

苍凉辽阔的海面，传送来阵阵低沉隐约的挽歌。

始于朝霞满天，万目同瞻的伟大辉煌啊，此刻，渐渐归于温和，肃穆。

平淡。

浪击船舷。

絮絮地，温柔地倾诉。

夜潮，一浪咬一浪咻咻喋喋地席卷而来，扫荡沙滩上所有纷纭杂沓的足印。

（选自《2010 中国年度散文诗》，漓江出版社，2011 年版）

管用和

管用和(1937—　),湖北孝感人。著有《管用和诗画集》《管用和文集》(6卷)等。

野　瀑

地陷。路断。大山漠然,峡谷蹙额。

没有犹豫的时间,没有踌躇的空间,奔涌的血液不会静止,决不回头!

自高崖划一道闪光,便划破了深山的沉寂。积蓄的情感沛然爆发,豪歌动地。峡谷震响,深潭和鸣,群山回应。如千军万马奔腾,似冲天海浪扑岸。

情感的雨点,意绪的烟雾,梦的彩虹——弥漫。

沸腾的激情,强悍着性格。狂热的歌唱,强悍着意志。

野山,野水——野瀑。没有名声,连名字也没有。未思考过有闻无闻于世,未忧虑过前程和命运,进取的脚步无视巨大的落差,毅然一纵,便越过了平庸。

洁白的灵魂在峭壁上,闪光的生命在危崖上,精神的彩虹在飞流上。

斑斓了阳光,喧腾了岁月,重塑了泉溪。

也斑斓了自身,也喧腾了自己,也重塑了自我。

(选自《广州日报》,1996年1月30日)

徐成淼

徐成淼(1939—),祖籍上海,现居贵州贵阳。著有散文诗集《一代歌王》《太阳瀑布》以及学术专著多部。

云

绝不是由于轻浮和清高,我才飘游于无垠的碧空;也不是为了寻求不受任何约束的自由,我才离开了青葱的草木、峻峭的高山和奔腾的河流。

当烈日烤晒得大地过于炎热时,我甘愿用身体遮蔽太阳的暑威,给人间带来温和与荫凉;当广袤的土地忍受着干渴的煎熬时,我又化为绵绵的细雨,降落在田野的禾苗上,投身到龟裂的土地里,使它们得到新的血液的滋润。

我在高山之巅聚集,在碧落之间遨游,但我从未忘记我是大地母亲的儿子,是她派遣我高高地升腾于九霄,调节气温,均匀雨量,使地球上的水分得以往复循环,滋养着万类生机。因此,也许可以说:没有了我,也就没有了生命。

绝不是为了炫耀我的洁白的裙裳和变幻无穷的美姿,我才升得那么高,飘得那么远。啊,当我飞升起来的时候,就是为了重新降落在亲爱的大地母亲的怀里!

我来自大地,最后仍要回到美好的人间。

雨

怎么能够说，是我将甘霖赐给了世界？

别忘了我乃是云的精魂，是她怀念大地母亲时抛洒的热泪。

秋晨金色的枫叶上凝聚的雾滴，路旁碧绿的芳草尖上迎着朝阳闪烁的晨露，奔流跳跃的溪涧清泉溅起的水珠，终于互相表白了心中之爱的恋人的眼角上的一滴清泪——我原就是你们的同胞姐妹呀，我有着和你们相同的珠圆玉润的形象，有着同你们一样的浑朴纯洁的素心。

那么，欢迎我吧，我亲爱的，我又重新回到你们中间来了。

电

没有火花的灵魂是喑哑的。

我情愿只活一秒钟去照亮世界，而不愿意在灰暗的角落里苟活一万年。

闪光吧，那是我的心在猛烈地燃烧！

（选自《解放军文艺》，1980 年第 5 期）

刘　虔

刘虔(1939—　),湖南武冈人。著有散文诗集《大地与梦想》等5部,传记文学《英雄之星——杨靖宇的故事》,报告文学集《拒绝平庸的年代》等。

采野花的女郎

当岁月与人走进白桦林,连影子都会生出翎羽而恣意于飞翔。

一位采野花的女郎已然是白桦林里游荡着的月亮。

采野花的女郎。被风吹起的衣裙映红了花的柔情,花的倔壮。

采野花的女郎。白桦林里炫烨着她的足音,那一丛丛洁白洁白的思想。

采野花的女郎。走过白桦林里正午的阳光,却留下午夜的寂寞与善良。

采野花的女郎。让这土地有了真实的欢乐,还有更真实的无语的忧伤……

望乡人在高岗

许多沉默在石头里的乡愁只能如石头一样厮守着自己的沉默。

而你怀抱的石头已经开花，远在远方的故乡即将走出远方。

那一天，越野车送你抵达的高地，正是故乡近旁的山岗。

那一天，你依傍天边的云彩，把俯瞰的疼痛投注到了老屋的脊梁。

思念染上乡音，儿时啜饮过的水井或能感应一种低沉的波荡？

只是你心灵的慰藉，那朵开花的石头再也不能回到妈妈怀中重启芬芳！

倒地的白桦树

欲哭无泪。一棵白桦树就这样倒卧在白桦林边的沙地上……

那砰然一声的脆响是在一个狂野的风雨之夜沉寂下来的。

枯萎的悲剧只在瞬间便演绎了这沉寂着的生命永远的沉寂。

欲语无声。倒卧在沙地上的白桦树，每一处伤痕都张着眼睛。

没有人能够知道它的苦痛，读懂那无声无泪的气息。

只有过往苍穹的鸟儿们以漠然的无助传递着这死寂后的死寂！

（选自《中国魂·散文诗》，2016 年第 3 期）

王宗仁

王宗仁(1939—),陕西扶风人。著有报告文学集《历史在北平拐弯》,散文集《雪山无雪》《情断无人区》等。

日光城

我跋涉四千里,来到青藏公路的终点,把一路的雪山、冰河化为太阳之色。

世界屋脊上的拉萨,是离太阳最近的城。白的楼房,绿的草坪,黄的幡,她的颜色真亮。

仿佛有数十个太阳在拉萨停留,满城都是长了翅膀的阳光。

路边的杨树上结着阳光,河里的冰凌上冻着阳光,山坡上的敬老院里晒着阳光,空中飞过的小鸟衔着阳光,就连街上学步的藏童手里也攥着阳光。

这里曾经有过岁月的伤口,已经被阳光一一抚平。

拉萨的太阳天天沉落天天腾起,天天死亡天天新生。它每刻的运行路线都与新修的北京路垂直。

在拉萨,有两处的阳光最丰盈——

太阳仰起头把灿烂贴在布达拉宫的金顶;太阳俯首把温暖大面积泼在大昭寺前每一个摇着转经筒的虔诚者脸上。

两　僧

傍晚，西山灿烂的云霞埋了天上的月亮，

整个古城都跟着忙碌的转经筒在转动。

暗红的袈裟，沉重的藏靴……两个僧人摇摇晃晃地走在拉萨西郊的沙石路上，谈笑风生。

他们久居山中的寺庙，似乎从来不过问季节的深度和广度。却不会把月亮当成太阳。

一僧弯腰捡起一只死去的麻雀。麻雀那双比鼠目还小的双眼蒙着一层薄纱。两僧细瞅半天，将麻雀扔入拉河中

水葬。

我看到了这一切。他们的善良是我心中的一盏酥油灯。

两僧向寺庙走去。天黑了，山中那一排庙宇的金顶被坠山的太阳卸下。

两个僧人的身影留在我心里。今晚，我要看着它如何蔓延，创造一个新故事……

牧　归

——喜马拉雅山小景

西藏大地，渐渐地变成了一眼很深很深的井。

雅鲁藏布江也平静了涛声,瘦成一条即将熄灭的地火龙。

整个世界屋脊泡在一片蹄声里。

牦牛驮着夜归的牧人赶路。还驮着打盹儿的星星。

鹰是天空一个冻结了的黑点。它丢在地上的影子已经被暮色吞没。

风拾起蹄声,扔进了江里。

牦牛背上的行囊里终于装进了疲乏的夕阳。

天并没有完全黑。

不断敲着江岸山路的蹄声,催着夕阳变成晨曦。

蹄声,苍茫中的自由之音。它唤醒的是明天的飞翔。

远处,一盏灯光像一把钥匙打开了夜的大门。

牧归人在寒夜也感到暖心。

（选自《我们散文诗选》)

王中才

王中才(1940—),祖籍山东德州,辽宁大连人。著有散文集《何处觅天涯》,散文诗集《晓星集》《光斑集》等。

海　火

在一个没有月亮的夜晚,我站在海岸上,呆望着墨汁一般的大海,慑于它的尊严、神威、力量。

我畏惧暗夜里的黑色的海洋……

突然,我看见海面上蹦出几星青光,越来越大,越来越多,瞬间变成一条长长的金带,像明月的清辉,照亮了半个大海。

从渔民那里询知,这是海中无数小生物的闪光,是奇异的“海火”,夜越暗,火越旺,光越亮……

我想,这些生命虽然弱小,集合起来,定能驱走大海的暗夜!

我心里的畏惧顿然消失,也像燃了一团火……

(选自《十月》,1979 年第 2 期)

驼　峰

一个旅人,牵着一峰高大的骆驼,向我的帐篷走来,旅人低垂着头，张着干裂的嘴，一口接一口地呼喘着，眼看要倒下了；骆驼仍昂着头，驮着沉重的行囊，从容不迫地跨着大步……

我急忙把旅人接进帐篷，递给他一杯清水。

我问他：为什么骆驼能经受住干渴的折磨？

旅人说：骆驼把水像血一样珍存在它的驼峰里；而我们，却把血像水一样地煎熬掉。

（选自《春风》文艺丛刊，1980 年第 2 期）

海　月

我在月夜的海边漫步，看见明晃晃的月亮，映在海面上，被黑浊的浪涛打碎了，像散落的鱼鳞，在浪涌里漂。

夜海的浪涛啊，你用强力的手臂，扭曲了月亮的形象，在你的臂弯里，月亮已不是月亮。

我抬头望望夜空，明晃晃的月轮，依然洒下温柔的光，抚摸着多梦的渔村和孤独的归帆……

在洁净明丽的苍穹，月亮还是月亮！

黑浊的浪涛啊，我的视线从你的身上挪开，我自会找到月亮真实的形象。

（选自《当代》，1980 年第 2 期）

闻　频

闻频(1940—　),原名焦文平,河南周口人。著有诗集《红罂粟》《闻频抒情诗选》等。

黄昏,早已沉落

黄昏,早已沉落,古城堞依旧微张着苍老的眼睛。

雕梁下青苍的女贞子,轻敛了深秋浅浅的笑,初冬的幽潭里,游弋着神秘紧裹的心灵。

夜风,是轻轻的笑声。

黄昏,早已沉落了,霏霏的雨雪轻洒在柔茸的秋草上,湿润了寒夜,湿润了古城,雨雪霏霏,却不曾润湿沉醉的归程。

轻柔的雪,在冬夜里恣意飘飞。

潇潇的雨,在夜风中梳理着醉心的柔情。

雨和雪,轻飘漫扬的雨和雪,悄悄地,悄悄地,手拖着手,走向冬夜的黎明……

沉落的那个黄昏,已坠入古城堞的夹缝了,那归途的雨雪,也已在秋草里消融。故地还须重游吗?

那潇潇的雨,那黛青的云,那葱葱郁郁的女贞子,那绵绵软软的草坪……

草坪，还没有返青。

没有返青的草，还是老样子，不知是在追思未来，还是在默念旧梦。这已是第几个清晨了，远远的，只有雁塔摇响的风铃。

（选自《二十世纪中国散文诗大观》，同心出版社，1998 年版）

于耀生

于耀生(1941—2014),吉林德惠人,笔名北渔。著有散文诗集《雪线》《情结乌苏里》,理论集《散文诗论稿》(与人合著)等。

秋天,沉淀的写意

夏日似游丝,无处浮着的思考。

已经走很远了。

那幢泥屋曾有过小小的窗口,她曾收藏的晨曦和黄昏早已溶于这四月潇潇的暮雨。

因为五月没有邮票的苍白,晴空吞没了断线的风筝。

沾满泥浆的鞋子,忘却了沼泽的凄苦,忘却了启明星溅起的银色的朝曦,沿着一条小溪泊去了,从此不再想起那白色的帆。

达子香染红的早晨,如今积满了霜雪,歌声的双唇已黏合在铁一样的枝头。

江水流去了,多少个向往的奔程,只有坚定的卵石守护着河岸。

那些固守的卵石,不如沉浸在河底。

也许会创造一个湖的断守。

不敢在春天的早晨折尽雪染的达子香,也许是一种错误的怜爱。

水牛在仲春浸到江水里去了，哞哞地叫着，一致赞成她为春天最美好的歌唱。

（选自《二十世纪中国散文诗大观》，同心出版社，1998 年版）

甘景山

甘景山(1940—),福建宁德人。著有多部散文集、散文诗集。

月光曲

欢腾的草原睡了。幽蓝的夜空睡了。浩渺的纳木湖睡了。活蹦乱跳的牛羊睡了。

只有星星在闪烁,只有月光在浮动。月的温柔的手抚摩着天宇,抚摩着大地,抚摩着湖面,抚摩着草原,抚摩着牛羊和帐篷。

很久以来,我觉得月光只是惨白的一片,什么也没有,因此我感到夜的空旷,夜的寂寞,夜的恐怖,夜的静谧,夜的神秘。可不知为什么,今夜的月光有一种音乐的美感和旋律,我忽地觉得,它是传说中的《霓裳羽衣曲》。

我沐浴在月光中,也在遐想与沉思中。

"叮咚……"

蓦地,我感到月光颤动起来了,夜颤动起来了,雪峰颤动起来了,草原颤动起来了,纳木湖颤动起来了!啊,原来是牧人们土制的六弦琴拨响了。那琴声,十分粗糙;那琴弦,是牛筋制成的;那弹奏的调子,有点浑沉、混浊,而且很原始。然而,牧人们却陶醉其中,我也陶醉其中了。不知怎的,忽然想起自己心中之弦,生命之弦，似乎一个岁月有一根弦，每根弦都颤动着不同的音调，有童真，有幻想，有辛苦，有悲伤，有迷惘，有失意，有愤懑，有悔恨，还有拼搏、愉快。

今夜的湖畔，那月光不是也泛着深情的、优美的、如梦一般的音波吗？不是也共鸣着草原上牧人的心声吗？于是，我感到夜的深沉，夜的平静，夜的生动，夜的热烈，夜的甜蜜，夜的丰富多彩。

“叮咚……”

琴声融入夜空，融入纳木湖，融入草原，融入月光。啊，琴声拨动我缥缈、寂寞，然而有着一种向着美好未来追求的心。我忽然觉得冰河解冻了，冰雪融化了，桃花盛开了，春天来了！

“咚……”

啊，琴声飘远了，远了……

然而我感到，这不是终曲，不是夜的尽头，更不是生活的终结。琴声飘远了，远了，把我带入月光的海洋，带入梦的故乡……

（选自《中国法制文学》，1986年5月1日）

刘宏亮

刘宏亮（1942—2011），山东青岛人。著有诗集《神门》。

天鹅湖

微波荡漾的湖水，藏着一个美丽的传说。

于是，我听到遥迢的驼铃，低吟着牧人心里难耐的干渴。尖厉的风，灼烫的沙，吞噬了翠绿的春色。一群灰色的地鸦，收拢了双翅，惊慌地钻进深深的沙穴……

那是什么？在碧蓝的天空，像驶来一叶一叶的白帆，撩动着雪峰——银色的折线在沉浮……听见了它的召唤，看到了月光凝成的翅膀——哦，是天鹅，美丽而圣洁的天鹅！

洁白的羽翼，在牧人心中扇起一片清凉。跟着它就能找到生命的泉，追着它就会寻到翠绿的歌……

脚下的茫茫的戈壁石，没有一滴泉水，没有一片草叶。不停的足迹，犁平了无数沙浪，清凌凌的希望，湿润了信念的焦渴。

蓦地，目光澄澈了。珊瑚一样的红柳丛中，有追逐的小鹿，有绽瓣的花朵，有一个镶嵌在草原上、天鹅嬉游的湖泊……

愿我的诗行，变成一根洁白的天鹅翎！

（选自《当代散文诗集》，春风文艺出版，1988 年版）

草 莽

草莽(1943—),原名余庆双,四川成都人。著有诗集《水,一弯美丽的发卡》等7部。

孤 岛

礁石在温柔的海水里慢慢生长,终于把头颅伸出了海平面。

海水日夜不停地拍打,洗刷……一个赤裸裸的孤岛诞生了。孤岛伴着漫长的日日夜夜,伴着难熬的寂寞,真是苦海无边啊!

在温暖的阳光照耀下,孤岛冰冷的心开始复苏,把生存的希望放进时光中,慢慢风化为沙砾、土壤,期待播种的季节到来。

浪迹天涯的籽种,在这里生根发芽了;狂风暴雨中的幸存者,在这里生息繁衍了……赤裸裸的孤岛披上了衣衫——茂盛的花草树木。孤岛引来了鸟飞虫鸣,有了人间的春夏秋冬。

日出日落,注目海上的孤帆远影,别有一番情趣,别有一番感受!

夜晚灯塔的光亮闪烁,划破夜色中的茫茫雾幔,给过往的船只充满希望……

孤岛,生存在自由的天地里,远离了繁华的黄金口岸,看着茫茫无涯的碧波,听着汹涌澎湃的涛声,没有丝毫的厌倦和寂寞。

蓝色的海水,似一道温柔的"东篱",孤岛似宽大的座椅。隔开一个喧嚣的世界，围着一个理想的桃源。把酒临风，采菊眺望，陶公的“南山”不是悠然可见乎！

山 道

巍峨绵延的群峰，躺在时光美容店里，就像一条细小的蚯蚓在蠕动。

山，在这古老又宽敞的美容店里，默默地享受着时光美容师的按摩，消除心中郁结的烦闷。时光美容师温柔光滑的指梳间，流泻出天籁般的音乐……

一把神奇的音乐梳子，就这样不停地梳下去，梳下去……梳出了山的峭壁沟壑，梳出了山的羊肠小径，梳出了山的云蒸霞蔚，梳出了山的青春形象！

沟壑里湍急奔腾的浪花，在追逐伙伴，咆哮的激情在幽深的山谷里回荡……小径两边的山坡，摇曳着艳丽芬芳的花草，远处的树林郁郁葱葱，缠绕着轻纱般的云带，一只鹰在天空中自由翱翔。

草丛中的蟋蟀唧唧，花朵间的彩蝶翩翩，树枝上的蝉女们在赛歌……

山，不卑不亢，不骄不躁，高高耸峙，成为芸芸众生心中的仰止。

水　道

水，从冰雪的山峰上流下来；水，从岩石的缝隙中流出来……从此，开始了浪迹天涯的日子，开始了永无休止的生命轮回。

热情的太阳留住她，她就是绚丽的彩虹；温柔的月亮留住她，她就是晶莹的露珠；贫瘠的泥土留住她，她就是金色的谷穗；干渴的沙漠留住她，她就是生机勃勃的绿洲。

柔弱的花草留住她，她就是争奇斗艳的花朵；辛勤的蜂儿留住她，她就是甜心的蜜糖；天空的鸟儿留住她，她就是飞翔的翅膀，美丽的羽毛。

江河留住她，“日出江花红似火，春来江水绿如蓝”；大海留住她，“日月之行，若出其中。星汉灿烂，若出其里”。

一滴水的梦，滋润万物，遨游时空。她纯洁美丽的心灵，是一个温柔多彩的魔幻世界！

水，从冰雪的山峰上流下来；水，从岩石的缝隙中流出来。

水往低处流，水往低处流，一江春水向东流……

（选自《2013 年中国当代散文诗》，珠海出版社，2014 年版）

王泽群

王泽群(1945—),山东青岛人。著有影视剧本、小说、散文、散文诗、诗、评论、杂文等多种及散文诗集《樱唇》等。

唐古拉山口

二十一岁。十年动乱。母亲自戕。

我驾车,与那个叫“胡麻子”的师傅,第一次穿过唐古拉山口。

五千三百五十七公尺。这是第一次穿越这样的自然高度、人生高度、生命高度、命运高度。

第一次,真正体味高寒雪冷、四处冰封、昆仑罡风、满目凄清……我以长柄改锥,在雪地上写下哲人的豪言:冷眼向洋看世界,热风吹雨洒江天。

泪,却在腮上结为一串冰粒。

五道梁。沱沱河。藏北。安多。

喘息。头痛。窒闷。失眠。厌食。

在海拔五千公尺的地球第三极上行车,是一种以青春和健康为抵押的行程。

然而,一辆辆、一辆辆的车来,车往,南上,北下……一次次、一次次地爬坡,上山,左扭,右拐……我们都是行者。

唐古拉山口——是人生的一道槛。是命运的一道槛。是灵魂的一道槛。

人的一生,是要翻越一次唐古拉山口的。

人的命运,是必须翻越一次唐古拉山口的。

人的灵魂,是一定要一次一次地翻越唐古拉山口的。

没有唐古拉山口做生命的标尺——

你怎么会懂得:世上有着这种艰难,这种坎坷,这种必须去超越的高度。然后,才懂得去珍惜——

一切我们应该珍惜的珍惜。

青藏公路

五十年前,修这公路。一公里一个英魂。

三十年前,改这公路。七公里一个英魂。

好平的路呀,好长的川;无尽的荒凉,无尽的山。

路已平坦,英魂在何处?

英魂安息,慰藉在哪里?

暴风雪。翻浆路。堵车。滞留。霜冻。雪暴。诅咒。谩骂。缺氧。缺水。缺饭……甚至,缺少理想与期冀了呢?

把备用轮胎烧了,只因为那抵不住的彻骨寒冷;把车上的军用罐头抢了,只因为走不出去的穿肠过肚的饥饿。

红脸对着紫脸;紫脸对着黑脸;黑脸对着白脸;白脸对着红脸。

那个十八岁的小战士，守着他的“铁马”，冻僵在脚踏板上。以一缕抽搐的微笑，报答他永远辞别了的远方的爹娘。

他的皮大衣，斜坠在“铁马”下了……

那一链子的车队，全堵在五道梁的翻浆路上——白天，冰冻开始消融时，车在泥泞里；夜晚，泥泞开始变硬时，车在冻土里——三公里的车队。三天三夜。

三天三夜呀！三公里路长的车队呀！马达不熄火，油要耗尽了；钢锹在翻飞，道路不通哩！

死神是白色的幽灵，在暗的夜里，在似睡似醒的朦胧里，在严重缺氧的额顶，拽着它的裙裾飘来又飘去……

（十二年里。十二年里我无数次地走过青藏公路。无数次忘不掉这可怖的记忆！）

而今再走青藏路。阳光正好。路正平。从格尔木到拉萨，用不了一天一夜二十四个小时哩！

路已平坦，英魂在何处？

英魂安息，慰藉在哪里？

无尽的荒凉，无尽的山；好平的路呀，好长的川。

三十年前，改这公路。七公里一个英魂；

五十年前，修这公路。一公里一十英魂。

不远处——又一条通途。青藏铁路正渐渐接轨合龙……仍需要英魂奠基吗？

我不知道。

安　多

藏北，是被人们遗忘的高地。

安多，却是我藏族兄弟的故乡。

这里有红的骏马。白的羊子。黑的牦牛。

有八角的帐篷。摇转的经筒。彩色的氆氇。深夜，被藏女裙裾悄悄撞落的露珠儿。

安多是原始的。安多是野性的。安多是自生自长的。安多没有污染。

这片遥远的高地。

这片只有我的藏族兄弟才肯在这里世代居住的草原。

这片只有雪山相衬、白云相映的寂寞而旷荡的原生态藏区呀。

突然，生出一片风力发电的白色“树林”。

一千只桨叶旋转着，摇出一支崭新的“拉伊”——

于是。我知道：文明，经历万般艰难，终于攀上了中国西部的高大陆。

（选自《散文诗》，2006 年第 8 期）

马及时

马及时（1946—　），四川都江堰人。著有散文诗集《最后一片树叶》，诗集《泥土与爱情》等。

荒原的悲哀

茫茫荒原没有一瓣足迹。

可是那条荒原上传说的小路呢？

天空鸟翅凌乱，狼的长嚎，使人想起南方阴沉的季节。

我选择月夜穿越荒原。

空旷辽阔。月色镀亮的茅草舞蹈在夜风中，岩石的脸半明半暗，四野寂寥。

那条荒原上传说的小路呢？

跋涉着，呼号着，寻觅着。地平线仿佛是个永远无法靠近的幽魂……

就在疲乏将要击倒我的时候我却惊异地发现身后一条歪歪扭扭的小路——

我狂喜！

苍白的月晕中，我却又惊骇地发现：无数荒草正贪婪地吞噬着我身后那条草原上唯一的小路……

于是我忽然明白荒原上为什么没有路了。

悲哀在荒原上空呜呜地回旋……

漂木之歌

从陡峭的山壁直撞而下，在江面盛开一朵绚丽的鲜花！于是，一个漂泊的生命就此诞生了……

没有帆，也没有水手。

没有一支远航的歌为你壮行。险滩、急流、漩涡……

从轰然倒地的一瞬，你就有了这痛苦的选择？

从莽莽苍苍的原始丛林的荒蛮里穿过。

从猴猿的哀鸣里穿过。

从幽暗峡谷的迷雾里穿过。

迎着礁石的锋刃，迎着混沌的江流，你穿行在风雨中。

成群结队的漂木，漂泊在千里波涛之上的漂木，浑身伤疤重叠着伤疤的漂木，一往无前的漂木呵——

没有帆，也没有水手……

（选自《人民日报》，1987年11月4日）

吴　然

吴然（1946—　），原名吴兴然，云南宜城人。著有多部散文集、散文诗集。

怒　江

高黎贡山和碧罗雪山规范的航道，流动太阳的脉搏。

怒江，一条天河的投影。

溜索裸露两座大山的神经。

鹰的飞翔，旋起一阵山风。

一位诗人的吟唱，壮大飞的胆量，在大峡谷凶猛地冲撞。

山崖轰然倒下。

太阳晒烫岩石的干渴，山崖上挂着月光瀑布。

女人的爱是一棵苦涩的果树。喝饱苞谷酒的男人如江上的独木舟。

苦荞和洋芋喂养大山的后代。

桐子花无言地飘落。

疲惫的马帮，驮不来生活的希望。岩桑木的弩弓，射不穿古老的忧郁。

大山的积雪太厚。

怒江的悲愤，成为世纪的叹息。

（选自《二十世纪中国散文诗大观》，同心出版社，1998 年版）

韩作荣

韩作荣(1947—2013),黑龙江海伦人,笔名何安。著有诗集《韩作荣自选诗》,诗论集《感觉·智慧与诗》,随笔集《另一种散文》等。

黑　潮

潮走上岸来。

拍岸的足音,夜一样无孔不入。潮,黑潮啊。从浪中挤出来,从风中挤出来,又从窗隙挤进来了。挤进我的瞳仁,眼波涌动着潮了;挤进我的鼻孔,嗅到你的咸腥了;挤进我的口中,嚼到你卷来的沙粒了;挤入我的耳膜,胸壁,便荡起敲击之音响了。

潮,黑潮啊。

不像小蟹,于甲壳中寄居,挣脱囚锁你的白练,你寻找什么呢?黑黑的潮,你的足音却那么明亮。潮是松软的,犹如夜的气流,女人的乌发,北方浸油的土地;潮是坚韧的,如船缆,拴着期待,如水母,缠紧了寂寞。

潮,黑潮啊。

我知道,黑,是另一种光亮。踏着潮声而来的,有一条小人鱼吗?

(选自《山东文学》,1987 年第 1 期)

徐建成

徐建成(1947—),四川荥经人。著有诗集《情潮》,散文诗集《美的流韵》,散文随笔集《寻梦人生》等。

听 涛

如雷的涛声,比雷鸣更湿润更奔放更悠久更富有生命的气息。

窄窄的一条山溪,星星般散布的山石。

水之路,太陡、太遥、太险、太迷惘……

水之精灵便有歌声如雷鸣:有抑有扬,如丝如缕,无始无终……

想那江河的涛声,澎湃时已失落了山溪的清亮;

想那海洋的涛声,汹涌时已失落了山溪的纯朴。

涛声盈怀,涛声溶山影树影岩影溶山的野趣与清幽。

无杂音的涛声,无杂念的涛声。童年的江河哟!儿时的海洋哟……

涛声不曾醉,醉了的是这山、这月、这人。

(选自《二十世纪中国散文诗大观》,同心出版社,1998 年版)

谢明洲

谢明洲（1947— ），河北任县人。著有散文诗集《蓝蓝的太阳风》《更高处的雪》等。

疏勒河

这之前，所有的河流都选择一种方向。

（或许是为了获得汇合归一时那瞬间的轰鸣和这轰鸣中的瞬间的喜悦）

向东流呵，向东流呵，自然，人和历史都这样说。

即此。

不能说没有过惊涛与骇浪，不能说没有过温存与晶莹，不能说没有过显赫与辉煌。

这是发生在你诞生以前的故事。那时候，所有的河流都选择一种方向。

这之后，你的流向选择了叛逆，令许多目光许多心为之倾斜为之战栗。

不曾有佛的慈善沐浴你，如昙花沐浴多舛的夜梦。

文明与野蛮都以惊人的速度发展且以累累硕果佐证自身的

价值。

由此反思，

你唱出坦然、唱出欢愉、唱出晶莹，也唱出忧郁、唱出沉重、唱出浑浊。

这之后，因你的诞生而使另一种走向日渐趋于完美。

若非亘古天地之恢宏之仁厚，

岂由你异于昨日的姿态与音色，

疏勒河。疏勒河。

即此。

不能说没有惊涛与骇浪，不能说没有温存与晶莹，不能说没有显赫与辉煌。

唯不安于现状的搏击者与你同歌同行。

这是发生在你诞生之后的事情。那时候，所有的河流依然都选择你相背的方向。

夜　语

失去浅月的清辉，今夜的街树显得孤冷无序，且再也筛不下疏疏密密的影。

无悔无怨，蔷薇花独耀其辉。

穿过了晚冬的雪野，又穿过了六月的雨阵，我的憧憬不再是渺渺复淼淼的、摇曳不定的天边的云。

想起了海，想起了潮退之后，那些紫贝壳怎样在无语中发表被遗弃的经过。

雾渐起。

之后会有一场瓢泼大雨的。

许多事情是从一开始就注定了的。

比如今天的远行，比如此刻因别离而战栗的两颗心，比如，

比如我这或悲或喜的夜语。

我的期待像一只季节之舟，不停歇地摆渡于花与果实之间。

只是，高高树上的槟榔果已被早来者采去，空余微风拂动一片片绿叶。

真的不会有新编的童话翩翩飞过安徒生《白雪公主》的冰窗？

翘望你的归来，就像夜航之帆翘望闪烁的灯塔。

淅淅沥沥的夜雨打湿了淅淅沥沥的夜莺的啼鸣，也打湿了这一次的送行。

影影绰绰的往事如影影绰绰的远山，沉沉浮浮复又浮浮沉沉。

那影影绰绰的灯光。

那浮浮沉沉的咖啡的清香。

那《第七场雪》和那《迟来的玫瑰》，以及《明天》，以及《绝版

美丽》,以及平凡而高贵的《紫蔷薇》。

冬去春至,春去夏来,尔后该是浓浓的秋了。紫紫的蔷薇花把它郁郁的芬芳播洒在我的每一个季节,每一段旅程,每一个晴晴雨雨的日子。

这是必不可少而又多余的夜语。

所不变的,我的心是一片叶子,无论是青翠抑或枯黄,只要残存于枝头,就永远不拒绝你微笑的阳光,永远不拒绝

你凛然与浩荡与澄澈的爱意。

倪俊宇

倪俊宇(1948—),海南东方人,现居海南海口。著有多部诗集、散文诗集。

草原,牧歌悠悠

葱翠,在一声鸟鸣中。

倏地弥漫开来,一波一波地,涌向天边……

在汹涌的绿色中,在无垠的绿色中,

穿着七彩盛装的野花,在晨风里,舒展腰肢,跳着各自的舞蹈。

各色各样的蘑菇,撑着童话般的小伞结伴,要去赴什么集会。

咀嚼着晶亮阳光的牛群,咀嚼着牧歌音符的牛群,在草地上悠闲,像闪烁星星,撒开在寥廓的夜空。

这个季节,牧歌被风染绿。

谁用溪流之弦,弹奏着情思。婉转曲折,款款托起半轮月亮,抑或夜色中的悠悠琴声。

阳光下的音符,透亮如草尖上的露珠,绚丽如岗顶的流霞,缤纷了长辫子牧女的心事。

她哟，对明天的憧憬，因此而多彩多姿……

也许，不远处该有一支牧笛，摇曳
温婉的旋律，呼应这意境中的歌韵。

（选自《青岛文学》，2013 年第 3 期）

江南水乡的情韵

穿过昨夜洞箫声声的柔情，一树树岸柳倏然绿了。
轻捏一丝欲滴的青翠，便触摸到
春天的心跳。

三五青苔的堤阶，钤上谁急切的履印。走进石板曲巷的悠长，便走进了一种意境，

可有绣女的温婉吴语，撑起一帘烟雨？
可有纸伞下，闪出一朵红桃的浅笑？

隐在柳荫里的砖雕廊坊，红红的灯笼辉映莹莹波光。
社戏的锣鼓，隐隐约约响在岁月深处。
而闰土的后人，颜面写满春色，自镂花的厅堂迎出。一壶龙井，斟热沧桑的话题……

此刻，一声声采莲曲，自涟漪上荡漾开来，温软地摇曳桨声。

满载南腔北调的游船，渐行渐远，正步步深入——

小桥流水的诗韵，

石栏飞檐的线条，

酒旗评弹的古风……

（选自《绿风》，2016 年第 3 期）

梅绍静

梅绍静(1948—),四川广安人。著有诗集《唢呐声声》,散文集《内心的丘陵》等。

月

一

在这片水波上,我们的影子和一大把星星一起荡漾,水中的星星有鱼鳞的光泽,而船像大提琴被桨弹拨得咚咚作响。

我们穿过那琴弦般秀逸的桥,却不知道突然覆盖头顶的桥拱竟会如此沉寂,使我俩靠得紧紧,仿佛桥抱住水,你俯身向我。

桥洞正像一轮望月,透出圆圆的天空。

二

你不知道这里,正是我们旅行的终点;从此后每年的望月,每一座重逢别离之桥又都是我们瞳仁里的起点。它通向光明,背离黑暗,会使心猛然跳起来,使梦静止不动。月呵可知道自己就是一张大网,将为我们打捞起所有的黑夜?无论你背向我,还是我背向你,沉默将似月托出我们的身影。月会把寒气吹到我们的脸上,使我们的呼吸渴望合在一起;月会把乌云吹向我们的眼睑,使我们的眼渴望一起闭上,一起睁开。

三

当我站在栅栏边凝望你,如耳环闪烁的仍是月光。你会看见我的凝望摇晃过多少个小时了吗? 沉静的春草之色弥漫到栏杆上来了,而月如音画在遥远的地方嘤嘤呜呜,我俩始终是寄居在月里,不管有多少现代建筑把我们的思念保存起来,情不自禁的圆满仿佛只需有月就足够安慰孤寂了。

(选自《二十世纪中国散文诗大观》,同心出版社,1998 年版)

张庆岭

张庆岭(1948—),笔名木水、大白,山东齐河人。著有诗集《张庆岭抒情诗选》,散文诗集《时光之约》,诗论集《悬空阁说诗》等。

重读黄河

一

划出辽阔的伤口,在一滴水里奔腾。哭泣。

世界上,有一种悲壮,

有一种大美,

叫黄河。

是谁在时间的身体里,掏出了这亿万年的宏大叙事?

一条神鞭,抽打着声声咆哮。一部史典,在一个个方块字里,蜿蜒,开拓,纵横,攀云,跌谷,上下求索,向东,向东,携来万千憧憬,息了三世声色,留下一串串悬念。孑孓而行。

多像一行浑浊的泪啊!两颊与额头的颜色。

骨头与灵魂的颜色。

命运如血。

二

无论怎样地昂头。

它，还是从眼睛里，夺眶而出，无来由地，自脸颊之上，奔腾而下。

从大地的右边，突围到大地的左边。是潇洒，也是疼痛；是快乐，也是艰辛。它，浑浊，因为它干净；它，漂泊，因为它追求；它执着，因为它不舍昼夜……

无数次扬弃，无数次复制：让坚毅在手指间，一望无际；让睿智在心中，血流成河；让壮烈与猥琐、大度与抑郁、快乐与痛苦，制造出巨龙一般的主题。

醒着，睡着，都是中国人梦中的图腾。都是一条不干的泪痕。

三

多想这样描述——

一滴水，腾空而起，旋而为笔，轰然落地，先写一个长撇，再挥一道劲捺，接着便舞出一个巨大的“几”字，而“几”者，“机”也，然后，向着太阳升起的地方，将蓝色的大海高高举起……而这绝不是它最后的归宿。

一滴水，仍在哭泣。

水的大军，水的战场，水的畅想，水的杰作。

千年的脊梁隆起，自一节节力的轰鸣处，冲击而下……一次次大潮之后，留下一片片黄泥、黄沙、黄土，留下生生不息的绿，留下贫瘠与富庶的龟裂……

以及袅袅的炊烟。

轻轻的低语。

绝妙的文字。

四

桀骜的。坚毅的。多难的。不息的。

一滴水啊！

任太阳蒸煮，被月光洗濯，由风吹干，让雨打湿。剖开滚热的胸膛，你会发现里面全是饥饿、渴望、奋斗、壮烈……有一个部位，激荡着灵气，我们把它叫作幸福，可它啊，又总是与灾难一起迸放奇异。

温润与干枯同在。

清澈与浑浊并行。

所有的骨头，都在柔弱里，世世代代顶天立地。

——这不朽的诗意！

五

以时光，以智慧，以景仰打开这滴水吧！

如此，你就会走进亿万粒泥沙，你就会发现一个个不可一世的王朝早已从马背上滚落，你就会望见一群群强盗的背影正融失于硝烟，你就会听到醒来的脚步正踏出铿锵的回声。

而让你真正欣慰的，还是那千万粒泥沙的回归，是它们已渐进大沉寂，大平静，大无畏。

是它们的血液的鲜红。

它们的酒一样的纯正。

还有，挣脱于哭泣的重生。

六

是的。

我是，他是，你也是，我们都是其中的一粒泥沙，细小的泥沙。

从天上来，不惧千里万里，绕过九曲之巅，经过冥冥灭灭，笑过，哭过，生过，死过，快乐过，痛苦过，创造过，毁灭过，当然，也幸福过……

现在要说的是：我们必须努力地成为其中最小的那粒细沙，必须借一阵风，去占领那些眼球们的疼痛，以铁的事实去推翻那个横行了千年的伪定理：宁肯流血，也不流泪！

七

是的。

黄河，正在一滴水里哭泣。它，已被大彻大悟所包围；它，已不再想冲破千万年桎梏；它，已将奔腾雕刻成了平静；它，已成为沉思在大地上的一记思绪一条真理。

黄河，九百六十万平方公里的泥土，在律动十三亿沙粒，在轰鸣，不是高潮堪比序曲。

啊！黄河，一首诗的姿势，

大地之梦。

（选自《2013 中国年度散文诗》，漓江出版社，2014 年 1 月版）

赵丽宏

赵丽宏（1952— ），上海人。著有诗集《珊瑚》，散文集《生命草》《诗魂》，报告文学集《心画》等。

睡　莲

你就这样静静地躺在水面打瞌睡吗？

你难道不觉得寂寞？你不想在清凉的风中无拘无束地摇动圆圆的绿叶？也不想欣赏辛勤的蜜蜂在你的头顶唱歌跳舞？还有那些红色的蜻蜓，总是在你的身边徘徊，它们一定有一些秘密的悄悄话要告诉你……

唉，你什么也不知道。

也许你陶醉在梦境里了。你梦见过一些什么呢？人间的圆梦术和算命先生是无法描绘你的梦的，他们可以用一些荒诞的巧语骗人，却无法骗你。

我想等你醒来。我等过了一个漫长的黑夜，夜里有风、有雨、有雷电。它们大概吵你了，你能经受住风暴的侵袭吗？

早晨，我来看你时，宁静的水面上开出一朵雪白雪白的花，那些莹洁的花瓣上，缀满了亮晶晶的水珠。

哦！这是你的泪珠呢还是你的汗珠？

梧桐的悲哀

在初春的暖风里，满天飘着毛茸茸的黄色的飞花，像天上落下了奇异的雪。

这不是蒲公英，是梧桐的种子。光秃秃的梧桐树枝上那些小铃铛，在严寒中寂寞地度过了冬天，此刻，它们在春风里欢快地解体了，脱落了，变成了漫天飞花。

它们是数不清的小生命啊！它们在春风里飞啊飘啊，像一只只小蝴蝶、一顶顶小降落伞。它们要找寻自己的土壤，它们要在大地的怀抱里生根、发芽，有朝一日也长成一片亭亭玉立的梧桐树林，它们要用水灵灵的新绿覆盖大地……

然而在城里，到处是冷冰冰的水泥地，它们终于都没有找到自己的土壤，只是在街头墙角无可奈何地积累成一堆堆一团团，心灰意冷地滚动着……

它们本来应该变成森林的！

（选自《中华百年经典散文诗》，北岳文艺出版社，2003 年版）

园　静

园静(1952—　),原名董元静,祖籍江苏扬州,四川德阳人。著有散文诗集《远山也忧郁》,散文集《帘卷西风》及长篇小说等。

飞入九重

谁,赐给我一对银色的翅翼?谁,将我托举在透明的风中?

大地在下沉,班机在升高,只是瞬间,我已脱离沉闷的世界,飞入浩渺的烟云之中。三千米。六千米。平日那么遥不可及的白云,此时已成乳色的雾幔,一团团,一叠叠,迎面扑来,又向后掠去,潮涌似的裹挟着我,升上去,茫茫然,飘飘然。

我困惑了,梦魇一般,逃离了尘世的熊熊炼火,逃离了罪恶的重重囚牢,我真能超升入光明的乐园吗?

恍恍惚惚,崇山峻岭间摇曳着金黄;朦朦胧胧,云纱里传来群鸟的和鸣。它们追逐着唯一的目标,向朝日奉献出短暂的全生。

几千米。一万二千米。我终于看出了白云的层次,自低而高,它们铺成一级级天梯,多少朝圣者攀登上来,多少殉道者倒在途中!

我攀上最后一级云梯,来到了广袤无垠的蓝空。天风袅袅,仙乐飘飘,白云的海洋茫无际涯,在我的翼下,伸展向遥迢的云天交接处。

视野之外，湛蓝之上，灿烂的金阳在更高的九霄。飞翔在光明的云层上方，感受着温馨柔和的照耀，我心儿舒展，如花绽放。举目寻找，见万缕金线呈放射状闪耀，那至高的中心，便是众目仰望的辉煌的光源。

那光源深处，是耶和华的宝座吗？一片片向日葵为他疯狂，一群群小鸽子为他献唱。心形的圣爱从这里发源，生命的芬芳从这里撒播。

只有经过世纪的长夜，才能迎来这永久的日出；只有遭遇极夜的黑暗，才能望见这绚丽的圣火……

（选自《当代青年散文诗人15家》，哈尔滨出版社，1991年版）

林清玄

林清玄(1953—2019),中国台湾人。著有散文集《莲花开落》《冷月钟笛》等。

大地之声

在松树下午睡,我被松后寺庙的钟声唤醒。

钟声过后,一切又沉寂了,我看到一轮金澄夕阳在远处沉落,然后我听到风的声音、树的声音、草的声音,还有小溪流过山涧的声音,甚至夕阳下山都好像一个优美的长音。

我坐起来,仿佛那些声音都是从我的左手流进,右手流出,在体内川流不息,我觉得自己是大地的一部分,松树也是,连庙里的钟声都是。

风知道山

我躺在田野上看山,山不高,但姿形优美。

我努力地想象着山那一边的情景,也许它刚播种不久,有一片新芽的绿,也许它已是收割后的苍凉,虽然我那样想着,但却完全不能确定山那边的风景,除非我站起来,爬到山的顶上去看。

阳光从那边转来，它知道山那边；风从山头吹过，它也知道山那边；鸟飞过群山，它也知道山那边；只有我不知道，因为我没有上山。这时我感觉在山之前，我是多么渺小，那不是一座高山，因为我懒得上山，它就格外高了。

（选自《中华百年经典散文诗》，北岳文艺出版社，2003 年版）

严　炎

严炎(1953—　),原名闫宝忠,黑龙江林口县人。著有散文集、散文诗集、散文诗理论集等。

山中云

云贵高原,十万大山,十万山涧,也有十万朵白云。

绿色的长龙延伸着我观云的思绪;

缥缈的云漫画着我奇特的构想;

一条条洁白的手帕擦拭着我带惊叹号的奇趣。

在云的巧妙剪裁下,云贵高原的大山越发俊秀奇丽了。有的如馒头,呈现出膨胀了的欲望;有的如雄鹰,张开想象的翅膀;有的如仙女,紧紧地拥抱在一起……

山,在不断地遭到云的切割,同时也在云的切割中不断地完善自我。

山,在不断地遭到云的侵袭,同时也在云的侵袭中不断地更新生命。

我真嫉妒那云贵高原的山,它们有不断提炼自己的机会;

我真担心放荡的风,会把云吹散,山失去朦胧。

山　溪

映照原始和荒凉，映照翠绿和生机，我是一条高跨度的山溪。

我被眼前蔚蓝色的诱惑折磨着，流得好苦；我被远方延伸的路鼓动着，流得畅快。

如舌的弹簧伸缩着我的遐想；

鸟的啼鸣报告着一条久远的信息。

面前有悬崖等待，等待我弧形的飞跃，等待我一次执杆般的跌落。跌落中讲述着一个动人的鲤鱼的故事。

跌落中，我有欢笑，也有哭泣，唯一没有孤独。

我和那么多兄弟一起不假思索地组合成了一股真情的江流，在宇宙的跃荡中一起得到了共荣。

（选自《二十世纪中国散文诗大观》，同心出版社，1998 年版）

马　力

马力(1954—　),北京人。著有小说集《炼狱和天堂》,散文集《鸿影雪痕》等。

邛海诗意画

雨,远逝了。雾的乳纱还依恋着墨一样溶化的翠树。是湖岸的绿鬓吗?

轻舟犁出银子般的碎漪,流动的曲线。

晨风抖散那面被月光洗亮的网,打捞着昨夜残荷的甜梦和漩涡深处幽蓝的醉意。

阳光的纤指,在水面涂抹宁静的色彩,缤纷如雨。

粼粼碧流,是祖先额头的皱痕,还是泛舟人心中飘飞的笑影?

仙子从大凉山翩翩降临,听水月和游鱼的细语,一个褪不尽颜色的童话。

比诗还浪漫。

于是,满池疏雨摇曳起花朵般的遐想。

让岁月梳理苍老的波纹,荡远一缕柔情……

丝绸古道

流动,流动,永远的金黄色。

羌笛胡笳,沙枣红柳;雪光里闪烁的晨星,边塞诗人饮酒邀明月……

历史的河流在世纪的峡谷中

穿过几代人的梦境,

只有西域风光依旧……

大漠风沙,一串寂寞的驼铃。西北望阳光,丝绸之路扑向遥远的绿洲。

那汪酒泉,回味着霍将军与众共饮的甘甜。吻圆几回天边月。

一缕银辉,编织那首《凉州词》。

汉唐的风流和辉煌。

彩塑,飞天,壁画,佛绣……艺术的精灵,神佛的钟情。

敦煌剪一片云外的花雨,弹奏出缥缈的梵音。祁连山的深谷,荡开久远的回声。

一位美丽的公主,披满丝路的彩霞,让思乡的泪水染亮月牙泉的清漪。瀚海,戈壁……

负载着历史的沉重。憧憬的梦影闪烁在绿色的沙洲。

丝路古道,焊接起岁月的断裂。昨天和今日,精神的超越。

(选自《二十世纪中国散文诗大观》,同心出版社,1998 年版)

萧红涛

萧红涛(1954—2015),四川南充人。著有多部散文诗集。

南方的情绪

冬季。南方是忧郁的。

晨飞的鸽子,无精打采地飞旋着,旋即又蜷缩进那一方方鸽子笼。

开朵朵海星星的水仙花,呼唤着温馨的春风呼唤着温暖的绿意。

裸露的树,孤独地站着。

只有常绿树炫耀着自己的颜色。

南方的远山远岭。

南方的浅丘陵深丘陵。

朦胧在那片灰色的雾霾里,更加地凝重,沉郁了。

壮实的力量没有发泄的场所。

祈望默默。心涌波涛。

南方的白太阳撕不破厚重的包裹,也无力揭走那件灰褐色的巨氅……

霏霏银雾如毛毛细雨。

渗透着南方。浸润着南方。

南方丰润了。吐出阵阵气浪,新潮了躁动的南方。

南方着上了彩色的裙围,鲜亮了南方鲜亮了南方的束束视线。

南方被点缀得动人了、迷人了。

南方的鸽阵,是南方早春的诗行。

只只活动的文字,铅印在了蓝蓝的天幕上,标新了南方人的目光标新了蓝色的南方。

银灰色的诗集,记载着不安分的构想。

南方诗集风扉页没有题写文字,只有一泓曲折的银流穿行。

南方大山里的冰溪流动了。

爬出了只只心泉。

走进了南方复苏的绿草地,长出了南方的丰茂,长出了南方的健壮。

南方惊雷的炸响,惊飞了南方的鸽群。

南方在不安里寻觅、寻觅……

(选自《二十世纪中国散文诗大观》,同心出版社,1998 年版)

邓文国

邓文国(1955—),四川巴中人。著有诗集《再生代》,散文集《巴蜀大气象》。

羌寨夜月

一个横笛的女子。
秦时汉时。昨日今日。
岁月是那枚铜镜,日子圆润而肥硕。
玉米架在房顶。咂酒启开坛盖。
牛歌挂在耳角,云云鞋扭一路锅庄。
朗云中望你,你在天上。
高天上望你,你在酒中。
砍了千年的桂树,还在粗壮地长着相思。
羌女初嫁,诗人一夜无眠。

若尔盖的鹰

九天之上飞来的鹰。天葬台上飞来的鹰。
在草原上空盘旋着,传递神的旨意?

桑烟升起。经幡飘起。龙达飞起。

生命高悬于头顶。语言高悬于头顶。草原之神，且歌且舞且飞翔。在鹰冷峻的目光里，若尔盖正转动经筒，顶礼膜拜。

黄河第一弯

白河、黑河，是黄河第一弯的源头。

饮水的牦牛说：黄河第一弯的水是清的。

浣纱姑娘站在岸边。岸边有纱，有卵石。

岸上是草原。草原里有牛群，有马帮。

草原上有座山。山上有座庙。庙外，有一群小和尚，小和尚在飞撒龙达。

黄河远去是黄昏。黄昏里有晚霞。晚霞里有黄河。晚霞里的黄河很辉煌。

饮水的牦牛回到岸上。一群小牛犊围过来，头在胯下只一顶，雪白的乳汁就喷出来。

小牛犊顶了半夜，天就亮了。黄河的天就是这样亮开的。

（选自《散文诗》，2006年第9期）

方　舟

方舟（1955—2016），原名方喜利，祖籍山东乳山，山东青岛人。著有诗集《最初的感觉》，散文诗集《游在城市边角的鱼》等。

日　落

熏风凝止，万籁俱寂。

硕大的日，似远似近地垂落。点点的润，透过黄昏的项背，和树上的雀巢，一起辉煌为傍晚的一景，令人振奋。

太阳跌落的音响，犹似村妇河边捣衣之声，舂米之音。木石之击，岁岁不歇，日日升起，复又坠落了。

我是顽石一枚，突兀在山垭口。

我是无叶的老树，挥着不休的虬枝。

薄雾凄迷，若游动的素练。山的萦绕，水的漂浮。

不动的是一条路，山垭口的这边，空寂。

暮鸦声里，天边飘来的是羊群抑或是云朵，染一袭淡淡的红，于鸭舌上振荡。

肉否？肉否？智者之虑，尽在一声叹息里。然后落荒而逃，急剧地滑动。

此时，我似一缕升起的炊烟，孤独在垭口，黯然神伤。

看山村那片炊烟林，似练似岚，袅袅地移动。

就这样淡淡地隐去，和光芒万丈的思想，一起为另一个世界照耀。

我如坠入滚滚的黑浪潮里。沉没。沉没。

若溺水之人，奋臂划水，拼命地向前。

一圈一圈涟漪，渐渐收拢。

一丘一丘的山，对垒下昨天的传说。

帷幕垂下，天外的星星亮了，哪颗是我呢?

鹰的旋律

岩石上，你沉默成一段残桩，如一只遗弃的音符，没有闪光的弦。

你听到远方的雷声了吗? 鞭一样甩响的闪电，自高空疾驰而下，纷乱的箭雨，擂响的风，一齐在峡谷里滚动着疯魔的旋律。

呼唤——

自你的眼睛中腾起。一万匹奔涌的山，昂起野牛的犄角，指向一片愤怒的天空。

渴望——

在云的胸脯上划响。苍穹的音乐池，旋转着黑色的旋律，俯冲着斗牛士的雄风。

此刻，一切都在旋动。

（选自《散文诗世界》，2004 年第 6 期）

鲁本胜

鲁本胜(1955—),山东即墨人。著有诗集《不朽的琴弦》,散文诗集《从春天开始》等。

南山大佛

多少年了,总是,慈眉善目,端坐南山。

为善男子,信女子,指点迷津。

风声,雨声,雷声隐隐。青色的枝,蓝色的枝,每一片向善的叶子,

都绿出了青翠。

仰视着你,

心,有一种暖,微微地震撼。

似露,洗亮了万千梦幻……

此时,每一个人的心中,都在滋生一种慈悲,

梦一般萦绕——

(选自《大沽河》,2017 年第 4 期)

梨树王

时光老人造就了一代诗宗。

蛙鸣如火如荼，唱出：五百年的惊讶。

蕾自明朝中叶萌发，或飘或飞，袅娜如丝。

一棵长势良好的树，年年都在回味，春夏秋冬桃红柳绿。

一种别开生面的春光秋色，穿越浮躁或心灵，在五龙河畔，造就了接近闪电的完美。

四百年的树啊，一位英雄的母亲，抑或父亲。

崂山樱桃

三月风吹，带着些许簌然，带着，很深很柔的红。

漫山遍野的小灯笼，转瞬之间，点亮了山雀——

五月的佳期。

万斛清馨飘袅。山前屋后，宛若仙境。

崂山一样古老的文字，一如顿悟，有时肃穆，有时，飘忽。

每一块石头，林木，在今天，都是节日。

所有道教音乐，风景小品，杨林蛮腰，花瓣似的樊素小口，活在春意盈盈的诗经里。

枝繁叶茂，

花团锦簇。

（选自《从春天开始》，广西美术出版社，2011 年版）

曹雷

曹雷(1956—)，笔名孙河，四川武胜人。著有散文诗集《山野的红桑果》《涉过忘川》等。

涉过忘川

——那耸身为山峰的是你。衰草宛如枷锁中的瘦脚，绝望地抖动枯萎的手臂。你的冷峻正将漆黑的风撕裂成破帛。

——那碎身为沙粒的也是你。水土有若山洪中惊惶的羊群，流失在眩晕的涡旋。你匍匐成大地填平着汹涌的吼鸣。

毕竟你的深处是海洋，毕竟你崇尚最后的安宁与和平。

沿着你的历史我走进你的心中，

烈烈的火。顽强地思索左冲右突地叩打着地狱之门。弓背的纹路，辐射着深沉的目光，沿着它就会走向心之远方。

凝固如脑颅的石头呵！

或许你立刻叫喊出来，但冷静的颅壁封住了喉口。

或许你永远沉默下去，但炽热的胸炉贮满了火光。

这是一个不平静的时辰。

我战栗着，用双手覆盖住你，感应着天地间浓浓回荡的石头气息……

(选自《二十世纪中国散文诗大观》，同心出版社，1998 年版)

姜强国

姜强国(1956—)，祖籍山东蓬莱，河北承德人。著有诗集《姜强国抒情诗选》等。

草原夜曲

太阳无声地坠落于大草原上，摔碎了，摔碎成千万点星光——

天上有，湖里有，草中有，蒙根花的眼睛里也到处都是。

哦！太阳，你全部的光热都赠予了这茫茫的大草原和大草原上的人们。

夜在草原上开始了它安谧的徘徊。

谁也没有走丢。甚至连一只小羊羔也没有迷路。

下夜的灯，炯炯有神地亮着。那是阿爸夜牧的眼睛。

草原夜，睡着与醒着的星星哟，在这恬静里正酝酿着什么呢？

交给草原的春天，在；

交给草原的马头琴和牧歌，在；

交给草原的青春与爱情，在；

交给草原的牛群、马群、羊群，在；

交给草原的历史和现实，在。

泼墨的夜，使人强烈地感触到——太阳灼热的目光，望着大草原，望着大草原上的人们。

夜在草原上徘徊……

那大马群踏过的地方，白莲花似的蹄窝里，正悄悄流溢出一个飞奔的梦。

（选自《散文诗的新生代》，宁夏人民出版社，1987 年版）

罗 丁

罗丁(1956—),江西南昌人。作品收入多种选本。

红 枫

太阳,轻轻地飞过秋天。

抖落在红羽君临枝头,仿佛无数被炼狱之火灼红的嘴唇,刚刚舐尽杜鹃那一声声滴血的啼唤。

但,被风霜一片片摘了去!

已经枯秃的枝丫,只能停泊流浪的云,可隆冬那僵冷的十指正将漆黑的乌鸦朝你掷去。

唯余朔风中无声的抗争!

还记得那个春天里一位少女斜挎的小竹篮里逸出的二月兰的清芬么?

脸儿,红扑扑的,

那无意间的回眸一笑,在人世间的记忆之册里,悄悄夹入一枚永不凋零的枫叶。

岷江看竹

一川碧玉,溶于秋阳的痴恋,被江轮拖得动了,悠悠颤颤,揉碎两岸竹影。

凤凰于飞，遗下这三丛五丛的尾翎，饰农家的院墙，添小城古渡的风韵，亦扎成竹排，让鱼鹰立于篙头，笑游鱼的惊悸之态。

风微动，竹枝婆娑，有说不出的南国女子的清韵；偶有竹笛一支，喁喁低诉，便有箬笠闪现，那明眸羞怯的一回，便滞了江轮。

漂泊江流，苦不得青竹一枝，有少女便作明媚一笑，十二分凤尾竹的情态。

竹乡一游，怕个个都附了竹魂。

（选自《二十世纪中国散文诗大观》，同心出版社，1998 年版）

何敬君

何敬君(1957—)，山东即墨人，现居青岛。著有散文诗集《从五月到五月》《逝水年华》《谛听：阳光走过大地》，诗集《沉默的帆》，散文集《我们改变了什么》。

点滴江南

一

欸乃一声——

江南点染在江湖河汉之间了……

二

一支木浆，吱嘎吱嘎着，从四面八方，把一个个镇落、村庄泊于一幅水墨画里。

另一支木浆，吱嘎吱嘎着，在看不见的深处搅动水草与青苔，把往事搅浓，缩成故事，把现实搅淡，化成记忆，水面上漩着看上去似乎很美的悠悠曲线……

三

一把油纸伞，逶迤着游过石孔桥。木鞋跟高高矮矮或方或圆，如琴槌敲击扬琴，如手指拨弄琵琶。

一把把油纸伞，逶逶迤迤地飘过一座座石孔桥。桥下的水便流光溢彩了，舒舒缓缓流成了吴侬软语了，曹衣吴带翩然曼舞于和煦的暖风之下了。

有桥没桥的水都风流倜傥了起来，一条条，一片片，浸润得土地松松的、软软的。泛泛的、酥酥的。

燕子呢喃，黄莺呜啭……

四

一座桥是一颗纽扣，连着院落与院落、街道与街道，连着商铺与酒肆、戏楼与私塾。

水上多了风景，地上多了道路，盼子的母亲、望夫的少妇多了许多凭临处，漂泊的乌篷船少了好些怅惘与孤独。

一座座桥都是河上的结，连起村与村、镇与镇，连起乡情与国事，连起江南与世界。

江南很大，世界很小了。

砌明朝的砖，盖清朝的瓦，马头檐俯瞰雨中塔寺，夕阳帆影，翘望天外白云，远山点点青黛。

——江南是一片心事了，漂浮在浓雾微雨当中，点点滴滴，迷迷离离……

五

一片心事的江南，被一天天、一年年酝酿着，酝出的颜色在空中浑染了流云，酿出的醇香在地上微醺了行人。

单纯的颜色是舞蹈于风中的蓝花布，是江南女子窈窕的倩姿、寂寥的身影、幽篁的梦想。

绵远的醇香是女儿红、三白酒，是碧螺春、龙井茶，是吴越男儿浪漫的心曲，蕴藉的情怀，久远的希冀……

六

江南的茶是江南的性情：如雾如纱，云蒸霞蔚。

江南的酒是江南的血脉：厚积深流，历久弥稠。

江南的蓝花布是江南的精神：纯粹明净，秋水无痕……

七

一匹匹无艳之布在村镇街巷里飘动着。

江南女子们坐上竹竿轿，乘上乌篷船，去了秦淮河，去了西子湖，去了阊门里。

一个女子跟着范蠡泛舟去了；一个女子跃身跳进了有点凉的明朝的池水里；一个女子放开小脚，立马横剑，高唱“休言女子非英雄，夜夜龙泉壁上鸣”……

八

一盏盏无醉之酒在春夏秋冬里流动着。

吴越男儿们腰挎三尺剑，怀藏五经书，走过石孔桥连缀的陌路，穿过油菜花灿烂的田野，去倾听金山大鼓，去推展钱塘江潮，去追逐月夜烟花。

薄了宣纸，秃了湖笔，难画史可法、八大山人，还有说不尽的钱谦益……

九

一杯杯无心之茶在亭榭楼阁里溢动着。

江南年年柳绿着花红着，处处桥高水低着，肥了芭蕉叶，瘦了太湖石……

十

一声欸乃——

数只大闸蟹爬到了我的书桌上……

（选自《亦近亦远》，河南文艺出版社，2016 年版）

沉　沙

沉沙(1957—　),原名姚汝金,河南汝南人,现居北京宋庄。著有散文诗集《鸟是鸟的梦》《宋庄,我的油画布》等。

世界的海滩

世界的海滩！这就是回答吗?

为了这一刻的倾听,我们赤身裸体面向一片空无,我们跟在汽车后面奔跑。为了这一刻倾听,我们随树木一起度过最后的冬天,我们终于在不惑之年等到了大地分娩的呼唤。

世界的海滩,我们听不懂。我们扔掉了汗衫和二十多年沉重的冥想跑到了海边。在我们取得信息之前世界阳光之爱般堆积。

我们冒险站着。大海置永恒于不顾。是我们谛听远方还是远方谛听我们?我们以万人的优势与蓝天同时到来。没有凳子、没有音乐、没有咖啡,我们眼望着海平线快要消失还在等待。我们在大地的静谧中侧耳倾听:一百年以后一切都紧张起来。我们想到海滩了吗?一百年以后的世界的海滩呢?

世界的海滩！我们听得懂。这切实的声音正渗透我们,把我们托向世界中央的一隅。在被动中有优势的我们同时抬起黄土地般的脸孔像黄金海岸。

（选自《星火》,1988 年第 9 期）

蓝海湾

蓝色的海湾。那临海的院落,石砌的墙与不息的海声碰撞,在海与生活之间碎成一片细沙。那细沙上的脚印是生活以外的吗？深深的脚窝像水鸟放置的鸥蛋。鸟翼下的门厅,走出倒垃圾的妇女。一个小男孩坐在门槛上眺望海洋的老年。

弯弯的海之湄并不宁静。

一只只带洞的木船,诅咒天空的破旧,与沙石锈在一起,发不出一次桨声。绝望使希望生辉。大洋的风带着旗帜下蔚蓝的色泽,鱼鳞的闪光,木笛的小调,如群鸟飞临,压盖一切。石墙后的小镇,低首的思想已经昂起,一幢幢越过不开放的心灵,同云与鹰交换信息与日历卡。

宁静是死灵魂。而阳光是躁动的。

浪尖上,日光在分解,如野菊,如银河外的星,闪烁、寂灭、沉沦、浮起。仿佛永不悔恨,也永不汲取。

海湾正因为明天而激动,如临产前的阵痛。有想象的荒原都将捡拾一季蓝色的卵。

（选自《流淌的声音》,海天出版社,2014 年版）

耿　翔

耿翔(1958—　),陕西永寿人。著有散文诗集《岩画:猎人与鹰》,诗集《西安的背影》等。

极简的敦煌

七月的敦煌,灼热得只剩下飞沙和阳光。

鸣沙山下,一座驼峰,把天地摇晃得没有了分界。坐在驼峰上,身边的世界,简单空旷,寂寞无边。风能吹到的地方,全是诉说敦煌的黄沙。而风从哪里来,沙从哪里来,佛从哪里来,我从哪里来,这些我在别处从不会触碰的问题,在鸣沙山下,突然被鸣沙贴着我的皮肤,钻心似的追问着。

因此,坐在驼峰上,身体上升,心却发痛,痛这漫天黄沙,把世界吹来吹去,把每位行者渴盼的,最后一滴生命之水,也从天空吹干。鸣沙山顶,我的眼睛,被黄沙磨出了一滴难得的眼泪,因为身体里,已没有多余的水分,可供黄沙蒸发了。

就在我失去对水的幻想时,突然转身,看到了鸣沙山下,那一湾水做的月牙。

月牙泉,应该是鸣沙挤干连绵不绝的黄沙,甚至挤干天空,还有行者身上的汗水,才生出的这一汪水。

月牙泉，让敦煌活了下来，活成人类的敦煌。

也让我被黄沙一路追问得干痛的心，开始滋润起来。

走下鸣沙山，随行的沙莎说：我把沙走成了自己。

（选自《南方周末》，2016 年 9 月 20 日）

云　珍

云珍(1958—　),内蒙古呼和浩特人。著有散文诗集《梦幻帆影》《飞行的麦穗》。

我的那鹰

又看见了鹰。

看见鹰双臂就扑打了起来,长发就飘举了起来。

鹰领着我,我跟着鹰。

鹰爪子钩住小小的绿洲,钻进绿洲我饮足了浑浊。辨识着鹰在岩壁上的擦痕,我在崚嶒的山道爬行。天昏地暗的沙尘暴里鹰打转、翻滚,鹰翅为我拓开一片明亮的天空……

谁能忘记了那样的黄昏?

我看见一只兔子。鹰追撵着那只兔子。鹰盘旋着,翅压得很低,那只兔子有些腿软、有些憋气。我看见鹰在俯冲的一瞬,太阳急速地闭上了眼睛,同时我听见鹰长唳了一声。第二天黄昏,我看见气愤的鹰,挺着明晃晃的翅膀逼近了太阳,朝着太阳的脸庞狠狠地剁了一刀。那一刀很重、很深,剁得太阳血沫布满了天空……

鹰领着我,我跟着鹰。

看见了鹰就看见了速度,就看见了英勇和凶猛。可是眼前这鹰，翅膀不动，不直刺、不俯冲，也不打转、翻滚。这鹰离云很远，掠过头顶的时候听不见呼呼的风声。

这鹰飞得自在，飞得轻松。这鹰飞行在城市的广场上，而且爪子上系着一根绳，绳拽在一只手中。这鹰使我的追恋我的憧憬大打折扣，几近于零。

我惦念着我的那鹰，它的血翅结痂了吗？它折断的腿是不是还留着一道刺眼的印痕？

我的那鹰，时不时飞进我的梦中……

（选自《诗潮》，2009 年第 12 期）

李松璋

李松璋（1959— ），祖籍黑龙江，现居广东深圳。著有散文诗集《愤怒的蝴蝶》《羽毛飞过青铜》等。

静静的甘蔗林

不是在书房里才可遇见这样的安静。

不是一定需要闹市喧嚣烘托的安静，才可以称作安静。

东涌的甘蔗林，一声不响、心无旁骛地在田野站成一列列方队。她们的笑容很甜，她们的安静很甜，她们的气息更甜。

她们是东涌的甘蔗呀！

她们血管里流淌的，是日月精华凝结而成的糖：让人感觉甜蜜，更让人忘记世上的悲苦！

那是从心里往外的甜。

那是阳光与土地酿造的真正的甜。正如发自内心的爱。

甜蜜最应该献给最美最真的爱情。

说什么口蜜腹剑，笑里藏刀。吃一口东涌的甘蔗，或者只是和她们并肩站在一处，不用多久，就一会儿，人世的龌龊和玄机就都无地自容、退避三舍了。

在东涌的甘蔗林面前，它们不敢展露丝毫阴暗和卑小的恶。

我私下里认定，她们都是东涌田野上的美少女，豆蔻年华，美丽绝伦。

赴她们约会的时候，春雷还走在很远的路上。

她们和我的头上，只有二月干净灿烂的阳光！

湖波映白月

穿过果实累累的绿色长廊时，我停下来，和老鼠瓜、丝瓜、长柄葫芦、西番莲们说了几句话。

是我们之间的私密话语，有关四季和美，也可能有关风雨和岁月。

然后我就离开了。那是黄昏时分。

它们悄声而又自得地告诉我：往东走，那里有一处岭南水乡胜景。还说，那里的湖波和白月，不会让你失望。

很快，我便来到了濠涌河岸。

路上，没有遇到也没有看见任何禁止入内的栅栏，甚至没有一道验明正身的门。眼前，豁然就出现了一片碧绿的平湖。

东涌人，临湖观景时诗情浪漫，广纳天下豪客时，又是如此的底气十足！这是与生俱来的细腻，胸怀坦荡无私。

水流云在。何必计较看得见的来处？看得见的往往都是狭窄。

不管是一个人，还是一个地方，不管他有多大，也不管他有多小,只要他的心态是开放的,心地是纯正的,情趣是高雅的,目光是高远的,就一定能独立于天地苍茫。

他一定是一个有魅力的人!

它一定是一个有魅力的地方!

水鸟在湖面上和自己的影子嬉戏,飞得从容、安乐,像孩子在自己的家。

绿荷接天呵。湖波正在为夜晚谱写春天的小夜曲。虫儿们开始练声:独唱,合唱,重唱,都是当下最流行的原生态唱法。

夜幕悄然垂下。水畔飘来一缕淡淡的茶香、花香。

月亮升起了。果然如脂玉般润白,如苍鹊般灵动。中天之上,暗云浮动,平湖之上,烟波浩渺。

东涌的夜晚如梦,好静!

就在这里,等待启明星的到来。

江南水乡入梦来

是梦。不是梦。

是江南。不是江南。

这是非梦之梦境。这是岭南之江南。

陌头柳色的风情,让你禁不住打开胸襟,去拥抱,去亲近,去接纳。

是呵,打开了,就不再计较阴晴雨雾,海啸天风。小桥流水也一样可以豪迈出岭南的大格局。当然，不可没有柳绿和花红。

当然，不可忽略柳岸两边传来的笑语和欢声。

这是二月春早。但你可以期待六月荔枝妃子笑，可以想象龙舟竞渡，乌篷穿桥。可以想象，两千米如诗如画的堤岸上——

“木棉花开新雨晴，绿树枝上黄鹂鸣”。

有人在这里看见雨中撑伞的女子。江南雨巷，被雨滴敲响的石板路，走过爱情的身影。

也有人在这里发现乡愁。那是封存经年的陈酿，一打开，便让人醉出万丈豪情！

晨迎阳光晚沐风……

——咸水歌自悠悠岁月里清晰传来。

歌声中景色在变。

这是真正的移步换景。但它绝不是被山寨过的某段历史，不是假作真时真亦假。

美好的想象，从来不会被任何看似合理的形式束缚手脚。建一座城，修一条街，盖一间屋，道理基本相同。

东涌人，懂得在平凡和朴素中发现深刻的道理。

这已经足够！

（选自《在时间深处相遇》，北方文艺出版社，2016年版）

阿 来

阿来(1959—),四川阿坝人。著有小说《尘埃落定》《空山》《格萨尔王》等。

梭摩河

在我眼睛看得到你的地方
我的身子和你一起
在我的眼睛看不到你的地方
我的心和你在一起

——藏民民歌

梭摩河,我联翩浮想。

你波浪起伏,穿过巨大的山影,穿过无数黑夜与白天,撼人地吟诵辽阔的群山。天空妇人般的容颜几经凋落,而你依然仰卧在森林与岩壁中间。岩壁上飞出三十三对白鸽,一对背水的处女在林中碰掉九十九颗露水,你报名,你饱满的腹部依然温暖,众多溪流的手臂依然疯狂。

而你独坐,我听到背后花朵开放,新的泉水突破地表。

夏季上溯河源产卵的鲟鱼可以作证,你是香獐、牛、金钱豹以及一切飞禽的母亲,一切蛙类乃至一切蜥蜴的母亲,我的悲欢,我的沉默与我的向往的母亲，那些水浇地肥沃平整，碧绿的禾苗像丝绒一般。你的河床上燃烧着纯净的金子矿苗，岸上生长着茂盛的炊烟。

我是在你的河岸等待过渡，等待进入故乡的村庄，记忆里充满村子黎明的叹息与黄昏的泪水。而现在，我遥望见村庄石楼窗户古老的眼光焕发出新的光彩。山墙上新麦面涂画了今天的月亮与明天的太阳，你河水的波纹像颤动的琴弦一样。

梭摩河，我的默想就是我的歌吟，我把我的静默献给你。

待渡的正午，我的静默倒影于河心，与太阳一起仿佛两朵并蒂的睡莲。

（选自《中国当代优秀散文诗精品选粹》，北方文艺出版社，1990 年版）

厉彦林

厉彦林(1959—　),山东莒南人。著有诗集《裸露的灵魂》《都市庄稼人》《灼热乡情》等。

千佛山

连绵起伏,泉城南侧一道天然屏障。

自从舜王挥动耒耜耕种之后,就是一部线装的千年佛经,就是千尊佛祖栖息的家园。

东西两条弯曲的青石道,可是两串悬挂的佛珠?

古钟敲打佛号经声和安谧清幽的风景;佛龛里贡香林立,火舌跳动,焚烧岁月的冥币和善男信女的虔诚。慈眉善目的佛,凝视合拢至额际、皱纹纵横的手掌和祈祷幸福的跪拜,一声不吭。修身养性、淡泊名利,历朝历代是佛家的真谛,人生的禅悟。现代文明之火和信息之风,推开每扇心灵窗户,生辰八字攥在自己手中。一副骨架,一颗头颅,支撑平凡的生命,神灵就是宁静的心境和求索的步履声。

曲径通幽,闲庭信步。

都市人脱离物欲的引诱、世态炎凉和人生冷漠,回归崇尚传统与自然的心境,周身尽头神韵的灵光。

趵突泉

一朵，一朵，又一朵，从大地深深的岩石骨缝里，从碧波这片荡漾的绿叶下，依次跃跳出三朵洁白的莲花。盛开若轮，绽声似雷，纯洁如雪，仙气蒸腾。

一朵梦，一朵雾，一朵烟，是当年天子的遗失，还是天堂神仙的恩赐？从古至今一种风韵，春秋两季一种姿势。

趵突泉，泉城的生命之眼，日夜喷吐翻动游人夙愿。

细雨蒙蒙的仙鹤桥上，争相开放五颜六色的伞，恰若游动的莲，飘入福地洞天。

现代建筑开始围攻这自然景观。楼房的根基在地下恣意伸展，泉的血管正在被挤扁、脉气可能被铲断。人人心悬：掐灭这人间仙境，只需一时无知与贪婪？

（选自《山东文学》下半月刊，2016 第 11 期）

黄曙辉

黄曙辉(1960—　),祖籍湖南新邵,现居湖南益阳。著有诗集《大地空茫》《在时光的锋刃上》等。

《诗经》浸泡过的泉水

一个古老的传说,一道神奇的风景。三千年的来木井,现在还可以听到伐檀的声音。

"坎坎伐檀兮,置之河之干兮。"清清的河水流淌,追问之声,还在河畔回荡。木质的车轮碾过心坎,且稼且穑,割禾打猎。汩汩的泉水,在一部不老的《诗经》里,湿漉漉,凉沁沁,雾气氤氲。

早起,青衫长袖的读书人,持一卷发黄的诗书,井边听泉,品味天籁。沉香木,带着若有若无的香氛,自来木井浙出,钓出旧梦里潜藏于茂密的林木间那些婉转的鸟鸣,一声声短,一声声长。

水质甘甜,满口含香。《诗经》浸泡过的泉水,自时光的深处流出,喂养大了无数诗意的魂魄,如今,只有我还固守在井边,雕栏玉砌。雕刻时光的人,雕刻自己的魂魄。

青衫已破,长袖难舞。读书人在一部经书里裸泳,任何的饰物都是多余。归去,在一处向阳的山坡上躺下,让身子上长满青苔,然后,成为一株木质坚硬无比的檀树,复置于《诗经》,任后世之人手持利斧,一唱一和,坎坎伐檀。

坎坎伐檀兮，一截截的骨头在泉水里清洗成沉香，悄悄地，储藏于人迹罕至的高地。

我把姓氏里所有的光热聚敛于青铜一样的文字背后，等待破空而来的一次宇宙大爆炸。

来木井，我的一部古老《诗经》，在用我骨头支撑的这个世界，于日光和月影里，以无解的神秘，创造传奇。

（选自《大别山诗刊》，2017 年第 3 期）

曲全胜

曲全胜(1961—),山东青岛人。著有散文诗集《船梦》《二月春风》及诗集多部。

海 树

桅,直立的杆。

一棵棵树,一片片林。

红、黄、蓝一度交织的三角旗,遥遥展动于桅的杆尖(海树之叶,凛凛于蓝幽幽、幽蓝蓝的海天之间)。

阳光,潮一样大篇幅地涌来。

咸腥的味儿扯着暖暖的气息,如风送的音节,潮来潮去。

夜空之月,如一朵圆溜溜的艄公号子,响亮动人。

思绪在夜里行,星星如闪耀的心事,拖瘦了你被风雨拉伤的身影。

渔女,累吗?

男人命中有海,如同命中注定有海量的你。等待的日子,如海上充满风浪和爱的归期,潇洒又豪放。

礁石背起千载的浪吟,如涌浪驮起孤舟,如你背起受伤的孤独。

翘首望远方。

海蛎是开放在礁石上一枚枚雪白色的花朵，斑驳的银痕，镶嵌着一只只耐读的美丽。

月。海潮都被海水泡得很大，很圆。

你发胀的思绪，又一次鼓满望归的风帆。

渔女哟，你抚摸着身旁的儿子，如同抚摸着岸畔半截子的船桩，此时你幸福地感到一种结实。

男人的身躯，如海树。

硬朗着最动人的风景。

（选自《散文诗世界》，2012 年第 8 期）

日出泰山

山石。峡谷。松树。紫槐。绿柳。晓雾。

极顶观日，缩短了海域与山地的距离。

红球，一只风火的轮子。

碾过波涛的峰巅，爬上如血的云朵坡岭。

日出五岳，一种清风洗礼过后的红色面容，无不垂青峰峦宏旷高远的身躯。

喷薄，为了不屈的容颜，四射着金线。

喷涌，为了不枯的植物，五律着光带。

喷洒，为了不竭的生灵，六韵着异彩。

时钟抵达，太阳走出蔚蓝。

破浪突雾，太阳又一个出头之日的时候。

日出之即，峰巅成为硬朗的脊背，山梁成为结实的肩头，山川成为明亮的血脉，山风成为满腔的豪气。

遥望五岳醒来。

泰山的巨型像巍峨的金字宝塔。

太阳，

巨塔极顶一颗不朽的星座。

（选自《船梦》，华艺出版社，2008 年版）

亚 楠

亚楠(1961—),原名王亚楠,祖籍浙江杭州,现居新疆伊犁。著有诗集、散文诗集12部。

喀拉库里湖

若不是这样的海拔高度,雪峰为何如此洁白?

孤独渗入血液,刻骨铭心的痛,把山交还给山。

我的高度肯定在雪线以下,目光所及,依然是山花、松木、大片的牧场。还有那么多野鸽子,它们快乐地唱着情歌。

金雕当然是我最好的兄弟。雪线以上的那些高度,不管什么时候,它们都会替我去完成。而剩下的一些问题,就是如何做好自己的事情。

我不会迷失在那些浅薄的空谈中。在喀拉库里湖,只要阳光还能够照亮每一滴水,春天就会妩媚起来。当牧歌缓缓响起,再深的寒冷也不会成为寒冷。

而此刻,如果把视线投向最高的冰峰,看看那些坚硬的雪,那些冰冷的骨头,肯定会发出青铜的声音。

这才是我的喀拉库里湖啊!

那一年深秋,慕士塔格峰的高度,照亮了我的迷茫……

(选自《落花无眠》,中国青年出版社,2010年版)

野果林

蓦然间，这些苹果花开得如此喧闹。而山坡上，春的序曲，绿茸茸的地毯缓慢滑向天际。此刻，我看见时空用静默怀想，用安详温暖亲人。

蜜蜂们忙碌着。这小小的生灵，有时也会安静下来，是等待，还是在清风丽日下，把自己托付给花瓣？可是我并没有这样想——喃喃喃，花的心事只有风儿知道！

这时候，繁花聚集了最后的激情，瞬间绽放！就像射向天空的礼花，绚丽却不妖艳。啊！千树万树，那粉白的花呀，是歌谣，也是一帘春梦。

而我来到这里，汲取花的芬芳，让自己温润并充满春天的力量。就这样等待另一个花季吧——到那时，春潮涌动，我们还要来此相会！

葡萄园

午夜的葡萄园，在风中窃窃私语。

那一刻，我看见酒的芬芳弥漫天空。闪亮的葡萄仿佛通灵宝玉，圆润，纯净，时光已经成为最后的乡愁。

啊，这紫色的精灵，思想更加透亮，忧伤在季节的尘埃里若隐若现。

月光朦胧的夏夜，我在葡萄的潮汐中，聆听。

一只鸟歌唱着，婉转而忧伤。

刹那间，我的心被鸟击中，一种柔情翔过午夜的迷茫。

我知道，葡萄园的奥秘没人能懂。可是，那么多精灵，仿佛夜之眼，它们在高处闪烁，温暖大地，也洞彻人生。

夜色正浓。心灵的火焰燃烧着，我的眼前一片光明。

（选自《山东文学》下半月刊，2016 年第 1 期）

郝子奇

郝子奇(1962—),河南鹤壁人。著有散文诗集《悲情城市》,诗集《星空下的男人》等。

朝阳寺

我不去想象,千年前的阳光,灿烂在这座山上的时刻。

孤独的帝王,远望着自己的山河,在阳光下繁忙。

或者,在最后的冬天等待日出。

那时的日出,已经落了两千多年。

现在,凸显在沧桑中的,仍然是坚硬的太行山。仍然是太行山上低微的野草。仍然是高过野草的那些没有名字的野花,它们的绽放,掩过了辉煌和败落的王朝。

一座寺,悬在太行山,是一段历史的标点。

之前的故事,已被岁月省略。

之后的历史,正在叙说。

叙说的,是风雨,正在掠过太行山坚硬的胸膛。

叙说的,是流水,正在带走瓦片上滴落的阳光。

叙说的，是变迁，朝歌已古，更新的繁华，正在掩埋了朝歌的泥土上展开。

叙说的，是飞翔，一只年轻的鹰，掠过了古老的寺，被太阳点燃的翅膀，正在扇动更辽阔的天空。

而我，在天空下。

寺内的断碑上，米粒般的佛像，闪烁着卑微而强大的佛光。

我，低下自己。

对留下的古老充满了神秘，

而对年轻的飞翔，充满了向往。

鹤鸣湖的树林

空空。荡荡。

最后的阳光，从树枝的空间里侧过自己的明媚。

除了苍老的鸟巢，还在等待飞远的翅膀，

一片树林，在冬季，坚挺着自己不肯下跪的身躯，勇士般，站在岸上，也站在静静的湖水。

有一些鸟停在树林，并不是鸟巢要等的孩子，它们是被风吹散的过客，像我一样，在一个历史的时刻，点缀了树林的荒凉。

最后一脉光已经到了树梢。

黄昏的暗正快速地在每一棵树上攀爬。

可以确定，树林里的故事，会被黑暗所覆盖。这个时候，我必须拔出自己，让最后的光，照在自己返回的路上。

太行在远方。湖水在身边。

远来的野鹤，正把翅膀带进湖水。

树梢上的暗已经落到了地上，把一些斑驳的事物闭合，就像闭合了几千年前的辉煌的灯火。

古老的土地上，生长着历史，也埋葬着历史。

一片树林，在千年的湖边，只是历史的孩子。

现在，我在这样的历史中走着。

起风了。落叶是我看到的结果。

而我，不会被落叶记得，它们只记得刚刚走远的风。

风，确实远了。它们放下了落叶中的树林，也放下了落叶一样的我。

（选自《河南日报》,2017 年 5 月 17 日）

灵　焚

灵焚(1962—　),原名林美茂,福建福清人。著有散文诗集《情人》《灵焚的散文诗》等。

拥抱:风景之一

该交出去的都交出去了。风交给了夜色,波浪交给了波浪。

潮骚在深处,梅雨云已经退离所有的海岸。海星们的梦境里,单桅船挽起单桅船。

沿着流星消失的方向,海潮追赶远去的鱼群。

如海湾怀抱渔火和潮声,我们摊开双臂就拥有了这个夜晚。

把自己全部交给你,是为了你交出珍藏多年的雨季。还有那四月的潮音,十月的落霞。

呵呵! 我们之间,已是点燃的一炷香。

港口与船。

面对深渊:风景之二

经纬线已经沉没。岛,漂在无界的海域。

在拒绝陆地的地方,海夜毫无遮拦。

排浪白里透蓝,在天边,潮水睡入漆黑的岸。

被钟声们拒绝的礼服已经全部卸下,星座们依然摇动暗淡的烛光。

啊! 激情咆哮痉挛的海。

啊! 海把夜幕搓揉成一张皱皱的床单。

就这样吧! 任理性如海。

有雨,任意波涛。

有云,任意风暴。

在极限处陶醉:风景之三

那么把零落的渔火缀集,把飘散的潮声聚拢。既然已经出发,把缆绳留在岸上,把铁锚收入罗盘的方位。

告别陆地,以帆,放牧流星的鱼群。

在超越深渊之际,请点燃十指。相信,所有的虔诚都可以照耀黑暗。

懒散的波涛已经堆起,逡巡的风暴已经汇合。在潮水绷紧的海面,樯桅高傲地举向虚无。

啊! 星座也潮骚,海夜柔情千种地开放。

即使成为岛屿,被陆地放逐之后又被大海拒绝;即使成为海流,永远奔赴同样的旅途。

礁石们的记忆里,任何一场海难都是一季大渔。

(选自《2006 中国年度散文诗》,漓江出版社,2007 年版)

梁 真

梁真(1962—),祖籍江苏海门,山东青岛人。著有长篇小说《秋老虎》。

四季随想

夏天晒透了我的皮肉,身上的烈日久久不散。

一丝凉意在刀刃上闪耀。剖开西瓜,它露出的鲜红使我眩晕,使我回想起突然爆发的潜流:人的潜流。

实际的生活、幻象中的生活,像安在同一辆马车上的两只轮子。多快,转眼到了秋日。

大雨滂沱。树林纷纷。

遇上这种天气,马车拖累我还有什么意义?我甚至确定不了:是大雨降落,还是我在上升?

冬天到处有冰冷透明的石头。

我身体中充满流水的声音,皮肤渗出一片青苔。冬天到处有雪,到处有人人熟识的那一只白天鹅飘荡的幻影。

春天来了。春光并未照亮雪莱的诗句。

沉寂的湖

就这样独坐在湖畔。没有桨声,没有情人。

就这样独坐着,看风走过水面时那一湖涟漪形脚印。

就这样,思想沿对岸的陡壁蜥蜴般一次次向上爬行。一株蛇形的树,在陡壁的胸膛扭动。

就这样,一次次向上爬行,再一次次跌入湖底,被蚌收藏。

就这样独坐在湖畔,看十岁的风走过水面时的同一种脚印,掩盖所有划行的桨声。

没有情人,我被欲望胀破了,站起来,与结满珍珠的湖一同站起来,向另一条路上流去……

——追忆那“十年”所作

(选自《当代青年散文诗人15家》,哈尔滨出版社,1991年版)

去年的玫瑰

穿过乱枝、冰霜和灵魂的幽谷,玫瑰瓣飘了下来。我抬起头,预感到气味、光线的异常。

玫瑰,去年的玫瑰,灾难中只保留下完好的一瓣,像强忍住的泪滴,在我静心阅读时落入书中,分开已知和未知的世事。

这一瓣孤女。这一枝鲜花的遗体。

这小小的一页,对未知充满暗示,它的美和忧伤渗透书卷。

我说不出它的绚烂,玫瑰夺去了我的眼睛。

(选自《中国散文诗大系(山东卷)》,广西民族出版社,1992 年版)

栾承舟

栾承舟(1963—),山东即墨人。著有散文诗集《跨越》《结合部》《为自己歌唱》等,小说集《舔刀子的羊》等。

徐福殿

手执一根阳光的羽,传说熟透了,俏生生立着,如一位白衣女,妙绝人世!

心中的弦,骤然响了。

一只鸟儿,在我的血中展翅。

我想放声一哭。

为什么要走?谁的针刺,威势,直逼你的骨头?

米汁炮制的土,浓得化不开了,谁的手接住?

岸边有雨。

那一刻,你的幻思,如鸟儿,血中展翅,给了强权,轻轻一击。

强秦,哭了一声。

我看见,多年之后的自己,一身清白,却不能像你,在另一棵树上,诗意地栖居……

望越楼

公元前472年，越王勾践徙都琅琊，起观台，以望故乡。

沿着春天，我们可以走近会稽。

那时，一个卧薪尝胆的人，叼着仇恨，用剑，与血说话。
三朵桃花盛开。复国的欢欣，无比分明。
阳光走在石阶上，读月，读风，读出：熟稔的乡音！
不眠的雾，在说话，说：那个年代；说：故乡，是根之所系啊！

我听到声音。
一群恣意翱翔的乡思，绝对纯粹，逼近望越楼。
一种痛啊，如玫瑰，绽开：最美的月光。
江南的水，植物，炊烟，向着越王，迎过来。

我第一次发现，春天如此美丽，花开那样生动，不醉的人，有几个呢？不患乡愁的人，有几个呢？

（选自《时代文学》，2003年第5期）

观海楼

正午时分，太阳笑了，所有的花朵，比吹过五月的风还要温情。

海浪，金光闪闪，逼近宁静。

红嘴鸥小小的火焰，照亮一切感觉。阳光的滋味儿，在杯中，饮着饥渴。

杏花踏着海浪走来，脚步很柔，很轻，宛如我们，别有一种久远的亲切……

总有风雨，和海中的水一样来来去去，让我感受泪和悲痛。

一根草，丛生：一支宁静。

隔着无数时光，许多禅意，高深莫测，无法读懂。

楼上观海，我，看到：

春天，胸有成竹，走过许多陷阱。

精神的火焰，水中开花，开出：蓝色的飞翔；想象中的龙，在宁静和禅意里，发出：牛的叫声。

壮美和鸟，那么远……

（选自《散文诗》，2004 年第 6 期）

韩新东

韩新东(1963—),祖籍山东海阳,现居安徽合肥。著有诗集3部。

天 地

哎呀,那是我小的时候,天天喜欢仰起脖子,看夜空深处的星星闪烁。夜深得无底,星多得无数,可我却爱天天扳着手指数星星,看夜色神秘地展开。

我的整个童年都被这种渴望这种梦一般的天真充满了,可我始终没能将星星数遍,也不知夜空在何处展开又在何处合拢。这种梦不断地折磨着我的想象。

待我长大的时候,我知道天上的星星是无法数遍的,我知道这夜空是无边的。我知道自己即使渴干了心田也是无济于事,后来我发现那些年长的人都只是埋头走路,从不把头仰起,只是一个劲地低头走路。

是呵,我们无法走好天上的路,我们只有在地上低头行走了。上帝给了我眼睛,也给了我双脚,这两样东西足以使我一生幸福一生艰辛。

(选自《当代青年散文诗人15家》,哈尔滨出版社,1991年版)

封期任

封期任(1963—　),贵州黔西南人。著有诗集《苦楝花开》。

在阿拉尔

阿拉尔,我来了。

一把都它尔,悠悠扬扬,拨动我的神往,在阿拉尔的苍绿里行走。

逼仄的心空,怀想曾经的过往——

灰沙裹着的原野,遮蔽了落日的余晖。阿拉尔的帐房和田舍,黯然中生长。

而今,我的目光弘然惊叹,仰视和律动在拔地而起的城市里有节奏地伸张。

一簇簇沙枣的昂扬,超越我的梦想。

我清楚地看到,沙枣浩浩荡荡地,长成一片辽远。

红色的枣子,像维吾尔人偾张的血脉,给缺钙的土地、牛群、羊群、马群和人群补充营养。

时光,日渐老去,却老不去阿拉尔可以定义的蓬勃,成了永恒。

还老不去那些来自四面八方的声音,把红枣的甜润,充斥到阿拉尔的血管里，用一种激情，在西域的坐标上，以一个苍绿为轴心，辐射千里牧场，任牛羊惬意地奔跑。

这是我熟知的阿拉尔吗？

爸爸妈妈眸子里闪耀的光芒，点燃古丝绸之路上熄灭的烟火。

是新的驿站之光，霍然敞亮的辉煌，在沙枣里任意地穿梭。

煌煌之光，像一方玉玺，给我的灵魂封印。

我的魂魄，落在枣香里，与阿拉尔的苍绿一起成长。

抚摸阿拉尔

如果能够抚摸你身体的柔软，我一定从最柔软的地方顺势抚摸下去。

深入，再次地深入到你的骨髓，聆听你灵魂的呼吸，同枣树站成一排，做一个诚实的阿拉尔人。

这样的想象，在阿拉尔的沙棘里，成了一场清凉的雨水，与胡杨的风姿融合在一起。

在浅草的丫尖上，我看见维吾尔大叔的胡须，飘动着牛羊的欢笑，晕染着阳光惬意的光影，晕染着阿拉尔草原上崛起的城市和村庄，每一天，都牧放高亢。

我听到阿兰古丽的歌声，沿着河西走廊缓缓地行走，她跳跃的眉睫，舒缓着阳光赐予的爱情。

那些翠绿的音符哦，纷纷扬扬，点燃一堆绿火。

灰色的沙砾，变成绿色的焰苗，焚毁暗色的云。

这时的天空，水晶般蓝。

盛开的雪莲，极地的白。

我放慢放缓抚摸的节奏，更好地抚摸阿拉尔的骨骼，抚摸死亡的微笑，挂在苍鹰的羽翅上，携着快乐的河流，飞奔。源源不断地流。

抚摸古兰经的声音，深入到苍狼的心脏，与牛羊为邻，与神为邻。

敞开一堆草叶的胸怀，拥抱一座山，一座座拔地而起的楼房。

挂过的风，真实的想象，逶迤前行。

删减的过往，删减的呼吸，删减冷色的风云。

这样的抚摸，历经沧桑。

这样的抚摸，忘了流年。

我逼仄的心空，在抚摸里成了辽阔的草原。

（选自《贵州诗刊》，2016 年第 1 期）

周庆荣

周庆荣(1963—),江苏响水人,现居北京。著有散文诗集《有理想的人》等10余部。

关于黄河

一

有一种清,后来消失在浊里。

尽管,周围布满尘土,我怎能轻易地放弃缅怀。

那最初的纯净。

因为懒惰,我用贵德省略了更高更远的唐古拉山。

依然属于最初的黄河,清得让我心疼。

后来,我们尽可以顺流而下。伟大的弯曲,伟大的跋涉。直到她勇敢地浊,沉默,不做任何解释。是在这个时候,我泪水涌动。

二

这条著名的大河。

纯净的时候,若最初善良的人类。

更贴切地说,如同涉世不深的少女。地形复杂或者人心不恻，天堂里不需要这些。

佛音的悲悯，抑或道家的清修，往往删除了万水千山，是啊，不能对滚滚红尘熟视无睹。

我比很多人都更加憎厌儒家的迂腐和纲常的无聊。但我赞成这条河流告别少女时代，入世，而成为母亲。

岁月是漫长的。

和土地难以言说的纠缠，使她有了新的名字：黄河。

黄河仍然不够，我们一般称养育了我们生命的河流为——母亲河。

三

接下来的母爱，只能在曲折中表达。

土地，在繁茂的事物之外，逐渐投入河流的怀抱。日子的沉重和岁月的积淀，甚至曾经孕育丰收的土，曾经贫瘠出饥荒的土，连同硝烟熏黑的沙场风云，它们，一有机会就投入母亲河。

它们，改变了母亲的色彩，加深了她的凝重。

浊世的承受，更像母爱的忍耐。

一切可以来，一切都留下来。

河床在，爱在。浊下去，如果灯油耗尽，是另一片新土。

四

只是，在水浑浊之后。

水面不再如镜，月色和星光，天空及白云，不能再清楚地倒映在黄河里。

自然的纯粹和人类善良的原始，模糊了。如生长了白内障的眼睛，我们看了又看，模糊了，浊浪在局部滔天。母爱，也可以叹息。

除了浊下去，我们真的就别无选择?

五

我把在壶口见到的瀑布，说成是母亲河一生里唯一的浪漫。

泥沙越来越多，道路越来越曲折。瀑布，抒情成传奇。

酣畅淋漓地摔下去，超越独自的呜咽。

母爱，不说委屈。

六

离兰州不远的地方。

在这一块土地上，黄河走了长长的弯路。

说是弯路，更是母亲般牵肠挂肚。左边是儿女，右边是子孙。一个弯，搂紧干渴的庄稼；另一个弯，拥着皲裂的土地。

手心手背都是肉啊，母亲河，要想一碗水端平，迂回再迂回，曲折再曲折。

孝与不孝是孩子们的事，一些弯路由你来走。

河畔，谷子和高粱坦荡地生长。

村舍有炊烟，人群，悲伤或者幸福；

都市有灯火，人群，幸福或者悲伤。

七

人们，确实不应该老死不相往来。

难道，就只能喜欢扎堆地生活？

我反复地说，都市没什么了不起的，所以我经常在夜深的时候，向故乡遥望。

当山西一位女诗人坚持感叹引黄工程的时候，我说：我们为何总要住得高高在上？为什么，我们要远离母亲河？

其实，我这么问，是因为我的眼前总浮现我的母亲：皱纹遍布脸庞，我搀扶着她，她蹒跚着一双老腿，拾级而上，并且不辞劳苦。

母亲河就是这样。

虽然颤颤巍巍，也要把她的爱进行到底。

八

黄河之水，奔流到海不复还。

实际上，她想回也回不去了。这就是母爱的宿命，她压根儿就没有准备回程的车票。

也就是说，这一种爱从一开始就没想得到回报。

当我站在渤海之滨，我想让很多文人墨客承认这个事实。

渤海，宛如母亲河的一个句号。

小小的渤海还不足以做黄河的句号，人类的天空如果圆满，这个句号应该是整个天空。

（选自《有远方的人》，春风文艺出版社，2014 年版）

三色堇

三色堇（1963—　），原名郑萍，祖籍山东，现居陕西西安。著有诗集《南方的痕迹》《三色堇诗选》《背光而坐》等。

终南山

被多少文人墨客吟咏的终南山，被多少张开的翅膀青睐的终南山，被多少宋词堆积的终南山。

给心灵备足火焰，给肉身卸下盔甲，让血和热情找到解除饥渴的地方，让滔滔的喧嚣停止奔跑。

一些隐秘的竹楼，一杯淡茶，一阕美好，一个陌生的浅笑，足够让你心怀善意的驻足，安详而平和。

当你紧靠大地，生命的旅途会更加丰富。

山中有禅寺的香火，打坐，念经，修身养性。有诗人的吟诵，狂放，不羁，尖叫，似洪水之涌。有画笔的挥洒，也有林立的绿意。

季节被风引领着可以在此泼墨全部的色彩，诗人在此被召唤着灵魂的永生。

站在山顶，吼一声秦腔——蕴藏的大美悉收眼底！

（选自《青岛文学》，2017 年第 10 期）

周蓬桦

周蓬桦(1964—),山东聊城人,著有散文诗集《红罂粟》等3部,散文集《干草垛》等4部及长篇小说、中短篇小说。

瞭望雪野

我从冬天走来,又朝冬天走去。正如,人赤裸裸而来,还将赤裸裸而归。

我热爱太阳,热爱泪水。热爱太阳而不挥霍阳光,热爱泪水而不让它

从眼睛流出。

我是太阳忠实的仆人,而我是眼泪

绝对的主宰。

漂泊,挣扎,流浪。时常看破一切,又时常对一切,茫然无知。

像羊不懂得人世的悲欢。

而人不懂得水、叶子和飞鸟,它们的心情和梦想。

春天和夏天耕播,秋天收获,让大地变成少妇,重新孕育。冬天,走出门去,

瞭望雪野。

大地空旷。河流中冰排撞击，岸上走着谁的影子？足音传递给艾略特。

瞭望雪野。

人类渴盼的春天啊，就要到来。

旅人，请到我的小屋子来吧

旅人，请到我的小屋子来吧，远远地，远远地我就望见了你。

歪歪斜斜的影，执手杖背水壶，是什么挂在你的脖颈上，叮叮当当响？

迎着秋天走，秋天的原野无遮拦。风在沙丘上使劲吼，吹倒一片青纱帐。

是太饥饿了吗？你跌倒在大路边。

陌生的旅人，请到我的小屋子来吧。

门前是溪水，屋后是树林，伸向天空的枝，牵一朵蓝蓝的云。

来吧，让我们把过冬的柴烧掉，把过年的肉吃掉，敞开关闭的心，杯子斟满酒。

边喝边诉说各自的命运。

想笑你就开怀笑吧，想哭你就放声哭。

你知道，我坐在门槛上，望穿了一百个冬天冰冷的雪水，已候你很久很久了呵。

不需要金钱玫瑰花，不需要躬身施礼，甚至不需要再见。

（只要你觉得我的小屋子，很暖。）

（选自《当代青年散文诗人 15 家》，哈尔滨出版社，1991 年版）

高　伟

高伟(1964—　),山东青岛人。著有诗集《玫瑰,蝴蝶,梅花》,随笔集《痛苦,是化了妆的礼物》等。

壶口,黄河秘语

一

说到黄河,词语弱小到不足以支撑它所描述的事物。

有一天在壶口,黄河就在我的右手边。这时它是不温驯的。我来看的就是它的不温驯。它的野性是属灵的,像野兽。我认出了我生命中也有这样一匹。

黄河在咆哮,咆它自己想咆的哮,神的逻辑在它的生命中呈现。

咆哮的黄河是多么的美呵! 水的原子,其实也是组成我生命的原子。我感到组成我生命的原子也变成了一条黄河。这个没有姓氏和名称的自己,没有身份的认同,与万物是统一的。

黄河把自己的身子抛起又落下,一路走一路碎掉自己。白沫子,像李白写诗时飘扬的头发。

黄河就是我血液里面的枭雄。

我感到我比黄河还想碎掉自己,碎掉那个实质上比细菌还小的，却被我无限放大的那个小我，全世界只有我自己疼爱的这个小我。

碎掉自己是多么的痛快呵，像碎掉那些伤害了我的幻象。

我站在岸边想事情。生活中很重要的部分反而是消失的。

如果我不能看到一条河的本质，我就什么也没有看见。

二

说到黄河，我想起这个词里面的性格和灵魂，它的私生活，它的经络与血型。

说到黄河是一条命，就不能不说黄河的心。它的心不是水泵，是血液在律动。

黄河才是这样悲壮的一条命。黄河才是一条神话的河流。黄河才是一条感情的河流。

它的疼痛，是一条肉体生命的疼痛。我敢肯定，黄河的心是疼的。它流经了多久就心疼了多久。

黄河的疼我全疼过。

心不疼，那还叫心吗?

黄河的苦难就是人类的苦难。

人类是用眼睛来流泪的，黄河用它的流水替人类流。生命有泪，黄河就会汩汩地流呵。它不仅直白地流，还分叉地流；不仅在高原上流，还在平原上流；不仅用雪水流，还用化了的水接着流；不仅会从高处往下瀑布那样地流，还会在低矮之处默默地流。

它一路流经，永远活在它自己的当下。

留下它的过去和未来，记录在诗人的诗行里面。

人类有多苦，有关黄河的诗歌就有多深重。人类有多罪恶，有关黄河的篇章就有多救赎。人类有多狂野，有关黄河的神话就有多悲壮。

三

一生中我两次写到黄河。

第一次写到黄河，我年轻，年轻到轻狂。这是我无法躲避的时辰，狂是我的食物。

我在黄河边，年轻的心比黄河水还浑浊，心比天高意志比黄河之水还磅礴，黄河是供我的梦想来游泳的。

我不知我必须死几次，否则无法活下去。

我不知道猫为什么有九条命，就是因为人也要死九次，才能换回一次真活。

现在我已老旧，命比纸薄。一路食用伤口里的血，比黄河水还多的血。

死里逃生。死里逃生是我唯一的生。

第二次写到黄河，我已安静。坐在黄河边，像一个字典里面臣服下来的词。

我在这首诗里容许了一切。

人类所有的罪都是我的罪。如果我还有痛苦，就是因为我的命里还有垃圾。

如果我不排除我的垃圾，疼痛就是我的职责。

如果黄河是用来洗涤罪性的，那么就先洗涤我的罪。我要低下头去，以免再左盼右顾。

我不再重要，要别人眼里的重要又能怎么样？

我要一路写诗，一直写到黄河的源头，为了让自己成为自己的源头。

（选自《黄河抒情诗选》）

刘向民

刘向民(1964—)，笔名刘向，山东枣庄人。著有散文集《乡村时代》，散文诗集《村庄，飞翔着一群鸟》等。

抱犊崮

以一枚徽章的姿势，别在枣庄的胸脯上。

朴素的山石，铮铮有声。一种铁锤敲打脊梁的声音在山谷中响。有马嘶鸣。

曾经金戈铁马。曾经枪炮轰鸣，硝烟弥漫。临山而立的男人女人们，深沉的目光洞穿山水，种地除草的人生演绎磅礴的诗章。红旗飘飘。

抱犊崮，一个燃起火把的地方。

抱犊崮，一个响起呐喊，倔强抗争的地方。

穿行林中，踏上每一块山石，都很沉重，感觉历史深处，霍然击人。

捡拾起生锈的弹壳，在幽深静谧的空间，发出逼人的光芒。生铁似钢。

曾经有岩浆冲击，曾经有地火燃烧，生命执着而又辉煌。不屈就是人生的内涵。

面对横亘的山峰，迎风而站，哪怕有雨，有雷，有电，也要站成山一般的强健，如山挺拔，如山坚韧。

薛　河

流过了多少世纪，岁月沉淀成发滑的河床。无极的生命执着延伸。

不朽的思想如水，奔腾不止。农人聚精会神地滋润着庄稼，渴求饱满的精神为粮。粗裂的双手迎风而掏，谷子、高粱以及每滴水都熠熠发光。

生长在河边的汉子，高亢着不会失传的粗犷调子，与岁月默契，扎实地走好每一步。风情万种的女子，清亮如月，踏着水声，惊醒男人多少不眠的夜。薛河，自有生命以来，就洋溢着精彩与美丽。

流水抚平坎坷，有生存也有毁灭，触手可及的不只是鱼，而是灵魂，一任水声越流越远，冲净污垢和浊流。生命清白，昭示处世的信条。

生命依旧，人生如斯。

河水漫漫，流过白昼，也流过我的头颅和思想。水浸透了我的衣衫，浸透了我的皮肤，浸透了我的骨骼，浸透了我的灵魂。水中也有我的血滴。

水是血滴与灵性的凝聚。任何一种精神，都从生命之水提炼而成，所以生命愈伟大。我呢？

我愿做水中一粟。

（选自《山东文学》下半月刊，2017年第4期）

江　山

一

江山是一座山，是一场大风飘飘风采飘飘的山，是一场大雪覆盖静穆的山。

江山很辽阔，有时光，有河流，有树林，有庄稼，有鸟鸣，更有一些坚硬的石头。

以精神和沧桑击打着石头，石头如铁，石头是铁，发出明亮的火。

点燃一腔热情，让梦想成为幸福，疼痛和痛苦却落在江山上。

我的江山啊，风吹草动，很多的情节都成为故事。

灵魂和不屈，始终守护着江山。

二

江山是一株草，也是一棵树。有英雄打马而过。

把一滴血滴在土地上，鲜花更加灿烂。

夕阳已经坠落，丹红映满天穹。

炊烟升起，大漠之上的风云腾起。

一个满腹心事的人，用沙石摩擦着嗓音，反复吟唱着一支大风歌。

满天星星，涌上额头，我静静地躺下去，听自己的心跳。

那么，我就以山以水为界，一手守护着自己的爱人，一手经营着自己的梦想。

（选自《大沽河》，2016 年第 1 期）

阿　信

阿信(1964—　),原名牟吉信,甘肃临洮人。著有诗集《阿信的诗》《那些年,在桑多河边》等。

倒淌河

翻过日月山,就到了倒淌河。公路边干燥的草滩上,冒出一汪清泉,你只能感叹奇迹的无处不在。

那泉水从一开始就选择了西行,从飘着风马旗和一匹马烈火般长鬃的源头开始,一路蜿蜒,袅袅娜娜,像一个弱女子在西部苍凉的天空下背转身子,孤孤单单地上路。那情景让人毕竟有些不忍,就停住车子,站在路边的风中,默默地送上一程。

这让我不由想起六世纪中叶发生在这里的一幕:就在倒淌河边,文成公主乘坐的车辇扬尘远去,伫立在原地一动不动的送亲队伍中,有一个袍襟飘飞的长者突然咳嗽连连,弯下腰去,把一把老泪抛撒在天边荒丘枯草丛中。这个人就是在唐蕃关系史上因扮演了送亲使者这一特殊角色而名垂青史的李唐宗室李道宗。

站在倒淌河的源头,我不禁恍惚:这个满面泪水的长者,会不会随时从我们当中某一个人的身体中站起来?如果真是这样,那么倒淌河,就会变成我们耳边一声轻轻的叹息——只能是大唐公主文成的叹息。这当然是不可能的,也只有我,才会这样傻想。

(选自《散文诗》,2005 年第 3 期)

郁　笛

郁笛（1964—　），原名张纪保，祖籍山东临沂，现居新疆乌鲁木齐。著有诗集《远去的鸟》《新鲜的往事——郁笛九行诗选》，随笔集《贵族的边疆》等。

我停下来，站在一条河流的对岸

我背过身去，巩乃斯草原上满目的秋色，
一下子枯黄了一个季节，
和她迟早都要到来的离别一样，
雨点儿闷声闷气地砸落在迟暮的草原上，
似乎一切都已经来不及了。

这里是草原最深处的疼痛，被一层层水雾遮挡着的巩乃斯河，
此刻正沿着她的悲伤蜿蜒而去，没有谁可以挽留，
仿佛一个时代的落幕，她的黄昏，在悄然抵近。

我忘记了告诉自己，在另一些年代里，整个秋天我空阔地迷茫。

那些年我遇见的巩乃斯草原，像一场初恋的回忆，没有结局。

一九九〇年代，时光停留在一场大雨的磅礴之中。

这一刻，秋雨弥散着漫长的旅途，我停下来，站在一条河流的对岸，

看见一些黄昏里一卷盛大的珠帘，静谧而旷远，烟雨迷蒙，

而多么平静的河水，才需要一些波浪和她枯黄的草色。

失落的羊群

即使你看不见荒原，也不忍心遇见这些苦命的羊群。

草原在她的深处埋下了伏笔，那些没有被运走的命运。

一群羊，散落在一片山脊的背后，啃食着即将消失的秋天。

我望不见草，我望见了你们蜷缩的羊毛，贴伏的草原。

一只牧羊犬没命地奔跑，好像它也挥动着羊鞭，我听不见它的吠声，

而羊群也似乎不为所动，缓慢、笨拙，一群羊听从一只狗的调遣。

羊群里是否也有低语，他们小声地嘀咕或者大声地争吵，

一些羊越过了边界，那些慌乱的山坡上，草也已经背弃了这个季节。

需要到哪里去越冬呢？连绵的草原，即将陷落于漫长的冬天。

一群羊，数目不明。它们被追赶或者盲目地游荡着，

秋风裹挟着一些衰败的气息，在羊群的命运里，撒下一些秘密的盐巴。

这些最终都不会知道自己将游牧何方的羊呀，让一个秋天疼痛不已。

（选自《新疆诗稿》，新疆美术摄影出版社，2016 年版）

亚　男

亚男(1964—　),原名王彦奎,四川达县人,现居四川成都。著有散文诗集《呈现》等。

崆峒山

去之前,我就想过——

一座山的历史,应该具有人文向度。

秦汉时期,崆峒山就传递了这样的精髓。远离喧嚣,守望沙漠。一片绿多么珍贵。云雾走来,木鱼声声。

我在一片空旷之地,仰望山峦。

这是一片民族融合之地,东连关中,西接陇右。

毗邻长安。

一座山不会相信荡气回肠。

但,一座山的仙气,一定不能缺少灵魂。先帝稍不留神就去了崆峒山,是不是寻花问柳,大臣们也无从知晓。

一旦,一座山有了丝绸的质感,纹理中的波澜,自然是少不了肝肠寸断。

也许有人私藏了酒。

我去的时候，不见道家念经，一坛酒早已备好我的行程。

一些诗句的狂放不羁，佐以豪情，又是那么想念江南的温婉。

历史的烽火殃及的时候，酒杯已经空了。东倒西歪的我，撑着一把油纸伞，忘记了断桥的江南。

癫狂的诗句，押着月亮的韵，丝绸上的花鸟赶来，也没有劝住我。

谁又愿意陪着我今晚，唱一曲花儿。沿石阶，我听到香客的虔诚。

300 里之外的长安，我拴马的灞河边，歌舞升平。

垂柳系着的月光已经脱缰。

我再一次呼喊着，我的盔甲早已不知去向。远古的战事，收走了我的盔甲。而风留下的萧瑟，在月光里，崛起。

西域啊，一匹丝绸裹着的玉体，战火停歇吧。我的酒，一度辽阔。冲出我的胃，一座山也是这样疲惫的。

（选自《飞天》，2017 年第 9 期）

霍竹山

霍竹山(1965—),陕北靖边人。著有诗集《陕北恋歌》《红头巾飘过沙梁梁》等7部,散文集《聊了陕北》,中篇小说《三和口》等。

北草地

海子,青草,牛羊。

一匹马驮着醉酒的主人,从沙丘后慢腾腾地过来了,几只百灵鸟冲天飞起。北草地于是醉了,夕阳好似红晕的脸蛋儿,一条又一条的彩虹铺在草色上。在一阵狗叫声里,牛羊不情愿地站起来了,懒懒地随着主人回家。

北草地曾经是我爷爷的家园与爱情。

当我来到美丽的北草地,一种亲切深深地攫住了我的心,这不就是我梦中无数次到过的地方吗?只是,我民歌里的妹妹,你跑进了哪一个白色的毡房?此时,落日的余晖把山角的湖水映成了紫蓝,清爽的空气中弥漫着芬芳的花香,我的思念跟着一只鸟儿飞了,在甜丝丝的乳香里,我忧伤着民歌的妹妹,放下一天的劳作,走向深情的湖边。

一挂牛车拉着冬天的草,没入远方的夜色。

无定河

有一个不安叫无定河。

我在诗里曾这样写过我的陕北，我陕北之北的家园。

一条没有方向的河。忽东，忽西，从一首唐诗里汹涌而来。仿佛一群野马，从荒原上奔腾而过，蹄音卷起的浊浪，躁动在历史的尘烟里，我多少次的回望之中。可怜无定河边骨啊，谁的梦里草色青青?

一条野性的河。恣意，任性，我其实曾无数次地想过，这是躺倒在大地上的龙卷风。不需要路径，就好比陕北信天游，在谁也不能压制的爱情里，哥哥或妹妹一嗓子吼出来了，不需要曲调，甚至不需要歌词。

芦子关

芦子关属于诗圣杜甫，属于唐宋的关陇门户，属于我一次次陪同八方诗友的探访。

芦子关在他们的诗文里站立着。

城儿河川，走在这个今日的乡村地名上，每每想象我是一位从唐朝突出重围的将军，骑着白马驰骋在夏州道上，我要去“一夫当关，万夫莫开”的芦子关，我要用我的利剑熄灭四起的狼烟，我要让我爱的祖国古乐升平，我要让我爱的人们在梦中微笑……

“两崖对峙，形如葫芦——故名。”我在给他们介绍完金戈铁马的芦子关后，还不得不爬上一小时的陡坡，这样，我就不需要再讲解什么。

谁在侧耳，我听到了唐朝的马蹄声，正从关下经过。

谁在反驳，那是老杜在骑驴吟唱："焉得一万人，疾驱塞芦子。"

还有谁在学唱陕北民歌，"荞麦皮皮架墙墙飞，人家都说我和你"。

（选自《延河》，2007 年第 11 期）

才　登

才登(1965—　),青海祁连人。著有散文集《牧人的祁连山》,散文诗集《转山转水》等。

在茶卡:我遇到天空之境

在青海茶卡,我遇到了天空遗落的一面镜子,仿如佛掌中的一只银碗,盛满霜花。

光秃秃的戈壁,在这光秃秃的砂砾间聚集了全部的精血,孕育了一面盐浆的宝镜,照耀着西部高地的前世今生。

随处可见的盐粒、晶莹剔透的盐块、泛着寒光的盐海!

我在盐天盐海中行走,想象着每一颗盐水结晶的精彩,感受着达玉千户的牦牛从青海湖出发,深入戈壁,长途跋涉,背负食盐的艰辛。

青海,你到底有多少不为人知的财富!三江之外、圣湖之外、盐田之外、125 类矿产之外……

青海,你到底有多少属于自己的内涵!酥油花之外、格萨尔长史之外、昆仑文化之外、618 米藏文化彩绘大观之外……

青海!神秘的青海!

腾格里:滚烫的车轮压在心上

就这样,被一条悠长的公路引领着,两侧的戈壁长满褐黄的骆驼草。腾格里,在这里一躺就是一亿年。

天边,一线祁连山的雪水,来不及欢腾已隐入砂砾。目光漫过你的忧伤,干涸尽头还是干涸!

走不出的大漠,滚烫的车轮压在心上。也许沉默源于深深地埋藏和富有,而我,拿什么去接近和描述!

在这里,除了沙漠和芨芨草,除了苍茫和灼热,除了骆驼舔舐的盐地和几乎成为化石的胡杨,除了沙海的层层波纹,点击不到任何一点生命的迹象。

只有"大漠孤烟直,长河落日圆"的美景,在每一次拐弯处,令我叹为观止!

(选自《山东文学》下半月刊,2017 年第 4 期)

张晓林

张晓林(1965—),山东即墨人。散文诗作品被收入多种年度选本。

长河传奇

一

白鸢鸟已飞越碧水,
飞越冰雪长廊……

云一样的飘逸和观音一样的慈悲,在三月,
如同春汛,漫溢而来。
它的存在,
比一生久。

比梦想,温暖。

二

干枝被折断。

风被绿透。

枯黄的草甸,此时,瞬间化为乌有。

绿,像野马一样奔腾的绿浪,沿着大沽河流域,席卷而来。

三

头向后仰,枝青叶绿的白杨板栗,照亮了——

千里鹰飞……

柔柔的风和彻骨的暖,用美,用鸟羽,

书写大地之诗!

四

在安详之家国,

世世代代的儿孙抱着安宁,忍着热泪,一点一滴,与长河蓝天,日月牛羊,

不离不弃,生死相依!

五

我们的河,

在最后一场残雪消融之后,日益肃穆,辽阔起来。

而后，我们和风，瞬间看到了
地球的转动……

在解州关帝庙，见过一棵老树

在河南，解州关帝陵园，我见过一棵枣树。
一棵气节千秋之树。

光泽深刻入骨，一种深入脑髓的忠义，在骨子里，数千年了，仍是热的。

千里走单骑，夤夜仍在读书。
青龙偃月，黯淡了刀光剑影，忽忽久矣。
夜半，月明露清之时，风，听出了谁心中的那份沉重？

一种千年孤独，深入岁月、骨髓和史。
很沉稳，很淡然，像这老树。

（选自《大观·诗歌》，2017 年第 2 期）

郭长玉

郭长玉（1964— ），笔名岛屿，山东青岛人。著有《活着是美丽的》（合集）。

北 京

晨光熹微。笼着紫纱的朝阳，迸射一股血性。

这血性，携八达岭长城的雄风，左冲右突；

这血性，以十里长安街为轴，洞穿通都大邑；

这血性，擎英雄纪念碑的剑锋，直刺天穹。

那一天寅时，人潮循既定的河道，汇聚于天安门城楼下，看国旗拥吻黎明，在万千泪光中猎猎舞动。

故宫醒来，依旧是红彤彤的脸庞；

鸟巢醒来，惊现一颗透明的心；

王府井醒来，普天下同一脉欲望的洪流。

从冰糖葫芦里，咀嚼几百年的京味儿；

蹬上老布鞋，暴走于悠悠时空。人们扭头回望，再次睁大了眼睛。

青　岛

擎起栈桥这把钥匙，开启被海水撩拨的记忆。

八大关的林荫道，直通岁月深处。

海风从花石楼，穿堂而过。灰鸟的影子，孵出洁白海鸥。

放逐流云，蓝天更蓝，电闪雷鸣之后，每一张笑脸都被阳光敷上光鲜的面膜。

金碧辉煌的塔尖，刺穿绿树与红瓦；绵延的海岸线，蓬松成原色的裙裾。

欧化的教堂顶端，曾有成群的乌鸦筑巢。膏腴之地，蛋糕般被切来割去。

涉过风雨驿路，盛花期的你，风情万种。

临海的长椅上，人们环形而坐，像一条斑斓的经线，绕遍地球。

密密匝匝的帆林里，海鸥竞翔；高耸入云的桅杆，坚硬了一座城市的穿透力。

重　庆

对你的印象，总陷在浓浓的雾里。

那些雾水，曾是岁月的泪水，漫过1937，漫过金陵的血腥，滴透陪都的穹窿以及大国子民的遗梦。

那个光头，泛着幽光，一如墓穴窜出的磷火。

他与来自延安的布衣领袖虚与委蛇，卡宾枪取代东洋刀，倾泻的弹雨，洞穿自己的手足。

最终，那些刚毅的身影，矗立成红色的岩石。

（选自《商旅》，2016 年第 6 期）

叶逢平

叶逢平(1966—),福建泉州人。散文诗被收入多种选本。

在桅杆上

以登高的方式去接近天空,令人心潮波动的是什么?善于营造海境的先人若隐若现,在渔业的根部谁用渔火洗涤沧桑?天空依然高远。

这是鱼汛期唯一的网!我携不大不小的心愿,随风到达桅杆上,开始欢呼胜利。

携网远去的先人呵,我不敢面对你再次展开怀念。当我继而茫然仰望,只见一只千年的水鸟,飞到昨天的云层中,薄雾的脆鸣敲打天空。

这才知道,天空仍然遥遥无期。

天空。我已被现实所迷惑,钢铸的涛声震撼我每一块骨头。此刻放眼海的辽阔,我们都能感到彼此的深刻与涌动,在蓝得想哭的天空下,仍觉自己的渺小无力?

人在桅杆上,向上仰望天,向下俯视海。我将脸贴近布帆,表情是一面生动的旗,上升到理想的高度,谁与我同在?

关注多年的天空,我想起积雪和道路,铺在胸前。仰俯之间是被限定的自己，这已是一个顶点，是一个人所能达到的极致。我们把双手伸入云层，水鸟便开始展翼飞翔。开在风中的歌谣，令水手掌上的浪朵黯然失色。

而民间的桅杆，抚摸它们，便可领略一种光鲜腥咸的痛楚，便可体验一次返璞归真的流浪。

到达桅杆顶端之后，我们最终要回到船上，最终要选择更高的桅杆；而我们永远只能仰望天空，如同上帝永远要俯瞰人间，天空永远要答复大地。

（选自《散文诗》，1997 年第 3 期）

爱斐儿

爱斐儿（1966— ），原名王慧琴，祖籍河南许昌，现居北京。著有散文诗集《非处方用药》等。

科尔沁夜歌

今夜，天空为我降下了一朵白云，它在白云上镶上钴蓝色的名字、花儿，还有羊角。

今夜，这朵白云成为草原上众多繁星中的一颗，我被安放在一颗星星中央，手捧一只银碗，外加一枚满月。

我必须像云一样轻，才可以贴着草尖慢慢沉醉。

这是一个酒香高过稀薄月色的夜晚，秋虫拨响大地的琴弦，我被琴声深深打动，像一个朝圣者忘记了自己只是一个途经的旅人。

来，来，来！我要邀明月和这四野的寂静与我对饮。

且饮下这第一碗，酒中繁星点点，尽皆清冽。

再饮下这第二碗，酒中饱含低下来的草香和升起的马头琴。

这第三碗酒，是一只凤凰刚刚被火吻过，正像燃烧过的湖水一样陷于对爱的回溯。

三碗酒饮尽，我真的醉了。

宝马香车都不及我自身轻盈，当我蝴蝶一样飞回格桑花铺满银安殿的前世，人们呼唤着布木布泰或玉儿的名字前来相认。

这前世的故园和亲人啊，即使我醉了，我也依然记得，这片在我胸怀里装满爱与慈悲的科尔沁，曾经是我亲爱的额吉；这片在我心里种下善与美的草原，曾经是一个帝国的风暴中心。

即使我醉得比科尔沁草原的夜色还要深，我依然知道，如果它的美若不能与祥和与安宁有关，那样的美就不足以深入人心。

如果，一场风暴的平息，需要用尽草原的光芒与能量，我依然愿意献出我一生的繁花与众草，去换取那一统江山，万世太平。

（选自《散文诗》，2017 年第 5 期）

梅　芷

梅芷(1966—　),原名柯峥秀,上海人。散文诗被收入多种选本。

小草的内心

来 Victor Harbor(澳大利亚维克多港,编者注。)的花岗岩岛上,与世界的脐带断裂,只有蓝天、大海、小岛是唯一的存在。海风、海浪是一把无形温柔的刀,割裂无痛、无痕、清新、自然的力量,肉身已消逝。

这是一片处女地,海岛依旧是最初的纯朴,大海和头顶的天空依旧是最初的蔚蓝。海岛的胸膛澎湃着大海的血性,他的耳膜里咆哮着大海的激情。面朝大海,迎着猛烈的风,扎根脚下的泥土,是多么的不易,更谈何星火成生命的绿意。那些低矮的灌木和高大的乔木在一次次海风肆虐中抓住了“航船的缰绳”,得以存活。并在岁月风雨的锻打和敲击中铸造成钢筋铁骨。岩石盘踞在历史的风口浪尖,被岁月之斧雕刻成各种形状,却依然安如磐石,与南极隔海相望,然而只能是想象。一月的夏天,草已枯黄,广袤无际。她们匍匐大地,身躯柔软,内心却是强大的,任尔东南西北风。

(选自《中国散文诗·2013 卷》,线装书局,2014 年版)

光阴里的鱼

放生桥上人来人往、熙熙攘攘。他们从我身边走过，很近又很远。似曾相识着过去抑或前世，又毫不关联着现在甚至今生。

在桥上驻足的，不外乎，将现在、自己留给历史永恒。或者将身外的世界尽可能地抓住，放在心灵的殿堂。

走过来的，将自己宁静为一条石板街，古朴成放生桥月牙的脊背。走过去的，月亮和星星总是在远方，彩虹总是绚烂追寻的梦想。

从此岸到彼岸，从彼岸到此岸，犹如今生与来世的轮回，生生不息。

桥下，一些鱼的命运和死亡的禁锢得到释放，放生的还有人心中的善、隐秘的恻隐和天性。而在河的另一头，一些网继续撒开、收拢；一些城堡被砌了起来，在习以为常中坚固。

你我放生在俗世光阴里，用翅鳍的舵桨掌握方向，呼吸的灵魂去自由飞翔。然而总被河水的力量和惯性，裹挟着，一路向前，直至坠落时间之外的无底黑洞，放下未完成的梦、没有说出的话。壳、行囊，与生俱来的负重。

（选自《中国诗》，2014 年第 5 期）

张作梗

张作梗(1966—),祖籍湖北京山,本名张海清。

雪花变奏曲

用雪花,在你的嗓音中栽树。

你的嗓音铺展——在所有窄小而又宽广的雀鸟地带。一个植树人像嫩绿的火苗联翩穿过它。

河水黏滞犹如一条音符的橡皮筋。你的嗓音弹跳——凹陷有如新鲜的树坑,凸起又像一株刚栽植的小树。

与雪花共有一个旋律的生长源怎么样?

与植树者同享一个劳动的节拍怎么样?

栽进去,把云朵、壁炉、鹅卵石、落日和请柬。再用梦培土。——那么多高大的树被雪抹去了踪迹,唯有这新栽的树苗像烛火,跳闪着,燃烧着,温暖又调皮,抹亮了滞闷的冬天。

我的脸上树影婆娑。

向日葵

满山坡的向日葵。
满山坡的风。
满山坡的集体运动。

太阳像一尊金光闪闪的佛，坐在天空上，偶尔挥动一下云彩的手。

阴影掠过山坡。掠过向日葵、风、集体运动。大地一片喧哗。草木为之侧身。——光斑跳跃的阴影，抹过每一条田坎，每一朵笑靥，像一条彗星尾巴，拖曳而去。

满山坡的集体运动。
满山坡的风。
满山坡的向日葵——

太阳西倾，缓缓收起它金光闪闪的佛身，缓缓地，坠入到灰暗的地平线后面。

鸟

像一颗翻滚的石子，它用力把自己朝无际涯的天空扔去。

很远，几乎有童年那么远，它沉落在蔚蓝色的遗忘深处。——然而多么奇怪，那鸟儿溅起的星星的水花儿，一到黑夜就会苏醒、复活。

如果它不是曾经将巢搭筑在树上，
我几乎忘了它有一张和枝叶同时醒来的
多毛的小脸。

——正是从这脸上，在一个月黑风高的夜晚，借助一只手电筒，我窥见了它眼里的惊恐。泪水挂在它纷乱而瘦削的脸颊上。整个鸟巢像一个心脏在颤抖。

（选自《大沽河》，2016 年第 4 期）

郭召磊

郭召磊(1967—　),山东青岛人。诗歌、散文诗被收入多种选本。

寻　梦

我的心,从河流的源头寻梦,从唐古拉山开始,在哥拉丹东雪峰驻足。

撇开世俗的峰峦和流言的溪川,抛弃我年轻的高山与河流,我在山谷与沟壑之间,横冲直撞。

我在找寻我永远离去的我的爱,看着乱云飞渡中的劲松,背负着晶莹的树挂,在太阳底下闪烁着美轮美奂的光亮。

从那时起,我开始在大漠的骆驼刺与戈壁的胡杨林里喧腾、突奔、徜徉,看着几只猎犬追逐着一群绵羊,看一群羚羊穿过铁路,穿过高岗。

在找羊的路上,我含着两颗热泪微笑,我流着一滴滴热血叩问过往。在那风雨如晦的天地间,我的骨头如山岩般地消瘦,我的梦幻夕阳般地无望,我在西天燃烧着火烧云的时候,回头,瞩望。

看一只云雀没入流云。

那朵火烧云弄得我汗流浃背。

我汗流浃背地,走啊走。

走向我要去的方向。

风　流

往往这时,便有一缕凉风,穿山渡水而来。

让我感受这溽暑到来之前的清凉。

在天山,在天山的溪水里,我把汗衫脱得精光,疲惫不堪地走向那潺湲的流响。

缘着水声,那一眼海子!

那海子结着银色的晶体,透透地美,透透地亮!

走近,一丝白线,接近盐湖的边缘。

走近,一匹白练,横亘在盐湖的中间。

走近,一丈白布,让我在盐湖周遭流连忘返。

俯身掬一口清水,咸涩的口感让我失望。

这是不是我前世的泪水流成的盐湖,干涸成一道港湾,干涸成无人问津的橹棹与帆樯。

如果前世我没落下桅杆,如果那时围着我心爱的女人织就的一条围巾。

如果那时穿着厚厚的大氅。

我整理一下头发,让一缕微风抽走我的灵魂;如果我的魂魄飘摇在天山的上方,上方是无边寥廓的空旷。

那么，我的船舶，必定要在盐湖彼岸搁浅。不管吐鲁番的葡萄有多么甜，不管高昌的西瓜是不是沙瓤。

我不管。不管葡萄美酒是不是盛在夜光泛起的杯子里。

不管我的肩膀，是不是能承载起鏖战着的楼兰古战场。

我要伸出双手，在盐湖旁边掬起一丝微笑。

让这微笑，穿越千山万水。

穿越塔克拉玛干沙漠与戈壁滩。

美丽的交响与怀抱中柔柔的苦难！

远　山

这时的远山，如黛。

这时的远山，如我的孤独一样不可触摸。

这时的夕阳，如我的寂寞一样莫可名状。

这时的黑夜，是我行路的一个永久性地标，以至我不能轻易将他眺望。

抑或是我在走向我的村庄的时候，越接近就越觉忧伤。

他们让我不能长久地凝望一个地方。

那个黎明之前异常地黑暗，那个黎明之前格外凄凉。

那个黎明有一轮红日喷薄而出，一朵紫色的日冕让那夜的星光失却了方向。

明天，我的太阳光光亮亮。穿过闹市，挣脱烟尘，走过无人关注的早餐店，走过旷阔寂寥的街道，将本该忘却的往事忘掉。

明天，我点上一支香烟。

让香烟燎黄我的手指，让青烟在我掌指间袅袅上升。

让我吐出的烟圈在我眼前云雾缭绕！

我的手指泛着故意的昏黄。

这样的事情，你千万别放在心上。

（选自《散文诗》上半月刊，2015 年第 8 期）

黄恩鹏

黄恩鹏(1967—),笔名黄品宁,辽宁沈阳人。著有散文集《慵读时光》《星辙》,诗集《攀者》。

措 那

阳光融进了湖泊,经卷被一泓大水翻阅。湖边叩长头的妇女,一路抚摸草木和石头。经筒转动。香烛的花瓣、岩画的叶子、桑烟的根茎,被身体一遍遍抚摸、触碰。

沿草木的缝隙绵延的,是通天的洞穴。八月的杜鹃,绵延成一只雪豹斑驳的皮囊。

一只高过了雪山的白鸟,把大团大团的阳光,运进了体内。

它向下俯冲,将闪电播撒;它向上飞旋,携云带雨,覆盖了苍茫的天穹。

千路慈悲,无人知晓轮回;万物仁爱,无人谈论墓碑。而人生的远和近、高与低,都似一只容量浅浅的器皿,谁都无法避开,最后的干涸。

只有高原永恒,只有湖水明亮。

车子从两山的垭口间驰过。我拉开车窗,吸了一口高海拔的空气,检验胸内的千尺大鸟。

米拉山口

5013米。人如长了软翅的蚂蚁，无法再飞起。我不敢跑动，自感蠕动的肉身，无法占有稀薄的空气。其实，人到了这样的高度，肯定会遭到鸟儿的质疑和嘲笑。

比如鹘鹰。这时我看见它们上下自如，翻腾、倒立、悬停、大回环、转身、侧空翻……鹘鹰们，群起群飞。它们悬浮风里，像鱼群游弋水里；它们卧在云间，像雨雪睡在天空。

鹰高蹈在天，人低伏在地。我背依一块大石，看远山游动的鸟。心脏自高处下落，好似搬运一块大石。这块大石，是我不能放下的念想。

米拉山口，多像人生的某个关口，急功近利的人，无法通过。

孤独寂寞者，或者心怀诚念的转山者，才配拥有灵魂的轻盈。

（选自《诗潮》，2016年第5期）

鲜　圣

鲜圣(1967—　),四川巴中人。著有诗文集6部。

一根神木,在青神江湾园林打坐(选章)

一

那是从未开口说话的一棵树,现在,端坐在青神江湾园林,打坐,沉默千年。

乌黑,内心发亮。与众不同。

看似容易破碎的脸上,沉淀数万年风云。

数万年时光中,它并没有发芽。

埋在地下,再一次活过来,转世之后的身姿飞翔久远。

在时光隧道行走,脱胎为鸟的形象、走兽的形态,换骨成花朵的形象以及众多人和神的形象。

二

不高,也不矮,从未开口说话的这棵树,失去枝枝叶叶的牵挂。

我无法形容它埋在地下成长的每一天是如何度过的,我只听到它的血脉里有一阵又一阵的涛声在翻滚、涌动。

倒下去的那一天，它以毁灭的方式重新为自己找到另一种存在、复活的方式。

现在，它活着，活得铮亮，活得坦然。

端坐在青神江湾园林，至少也有三千岁。

依然有根、有魂，有一双乌黑发亮的眼睛，仰望日月星辰、凝神人间风雨。

站立的姿势，像一只手臂把天空托起。

三

数万年时光中，只剩下一身骨骼。

它只能在地下呼吸。只能在丢失的荒原独自成林，化为林木之神，与风云共舞。

对于昨天，这棵树并没有刻骨铭心的记忆。它在痛苦中死去，又在寂寞中活过来。

现在，端坐在青神江湾的园林里，打坐，看似沉默，事实上，它在述说。

栖息在它怀里的一只蝴蝶，与它有缠绵的话语：破茧成蝶，是它们共同的话题和命运。

打坐的片刻，它醒来，园林一片寂静。

四

它的存在，是一次生命的还原。

林木森森的世界，众多的树，在死亡路上早已腐朽为泥，它依然保持一棵树的形状，身上，有烈火的图案。

地狱之火，替它练就一身坚硬的筋骨，站立起来，被众多的树包围，尊称为“神木”。

它在微笑，脸上泛起历经磨难之后荡漾的层层波澜。

一棵树开始讲述的，不仅仅是生死的决裂，还有沉淀的悲壮。

（选自《四川诗歌》，2017 年第 4 期）

刘海潮

刘海潮(1967—),河南通许人。著有诗集《黑里河》《黄河最后那道湾》等7部,主编“汴京诗丛”20部。

我的黑里河(选章)

一

风中。凌乱的瓦刀在头上舞蹈,地基深埋。

院墙,砖渣,刺痛小瓦、蓝砖、白灰逢。

高楼倚着脚手架,钢筋层层加码,只一锤,就埋葬了七岁,埋葬了故乡的最后和最初。

风的初冬,风的老屋,水泥让我与世隔绝。

四十年前的蚂蚁坐在石磙上凝视,眼熟,似曾相识。

张了张嘴,却没有吭声。

瓦刀下去,故乡一掰两半,就在我看不见的地头,犁地,扬场,打夯,上梁。

耩地的牲口打个喷嚏,掰不开土坷垃和土坷垃下的疼痛。

二

清澈,澄明。波光抬眼望不到边。

黑里河沿年轮向东，再向东，一头扎进平原深处，顺着时空生根，发芽，拔节。

倒影在地心萌动，又一轮太阳在河流源头光焰万丈。

灼疼的土地熊熊燃烧，花生，大豆，红薯，高粱在天空呼喊，玉蜀黍秸秆硕大粗壮。

每走一步，硬邦邦的生命呼呼叫勃起。

庄稼饱满，泥土潮湿，墒情一路芬芳！

三

歪脖子槐树茁壮，槐花绽放；

马蜂窝和老屋一起倾斜，向东南方向；

苇笆裹住椽子，檩条；榆木大梁呐喊着，甩开膀子，寒冬在外流连，彷徨。

从锅台到锅台，气力顿长，童年用浓烟打磨得叮叮当当。

红薯片上，平原缓缓长大；

家，沿着泡桐叶子四周踟蹰。厚薄，都是陶罐里腌制的盐粒。

向上，透明的苦难装满书包，补丁和补丁手手相扣；

向下，老母猪拱翻瓦盆子，哼哼一声，猪娃一下子撑开整个春天。

（选自《绿风》，2017 年第 1 期）

宋晓杰

宋晓杰(1968—),笔名飒飒,辽宁盘锦人。著有诗集、散文集、长篇小说等。

芦荡中,我仰望苍穹

隐匿在浩瀚中,才显见微小与匆忙;
隐匿在自然中,才显见拘谨和滞涩。

听风,穿行于秋的苇海,看鸥鸟翔集。

我采撷芦花,心境宽舒。葱绿淡紫的花穗光亮柔滑,多么空灵、妩媚、高贵,传世的光辉恰与粗瓷相得益彰。

一个熟悉的声音在高高的苍穹,如钟磬之音,浑厚而启迪。我惊惶地抬起头——整匹华贵的锦缎、散散淡淡的云。除此之外,什么也看不见。

板桥、木屋、栈道、滑软的上水线像睡美人的腰肢,甜美而风雅,一路蜿蜒旖旎……

葱绿是你,淡紫是我,缠绕着,纠葛着,解不开的心绪,而短暂的逃离也不放过。

因为你,我必须重新审视高度,重新分辨光线和色泽,潮湿的心发芽，一分两瓣。一半在天，一半在地。

我必须装作若无其事，把繁杂的、简单的事情一一打理，然后，把大段的空白留给幻想，望着天空发呆，一心一意。

请原谅！这不由自主地失色，这偶然的执迷。

芦荡中，我仰望苍穹，止不住地眩晕。

——并不因为仅仅失重和幸福！

（选自《扬子江》，2008 年第 3 期）

一匹马远去了

离弦的箭镞。

逃跑的火焰。

目光的移动靶。

一匹马腾空跃起，扬起率性的长鬃。

有风过耳，像急行军的队伍，沿着魔棒的导引，风驰电掣地远征。

城市在缩小、在薄弱、在沦陷，樯倾楫摧，如折断的庄稼，纷纷伏倒，发出锡箔的脆响，远山峻岭亲密地呼应。

插上劲健的双翅，逃离出城！逃离欲望和诱惑！去发现密林、草原、沙滩，去发现雕塑灵魂的幻境。

奔跑！唯有奔跑是生命最有力的回声。

一匹马远去了，它只带着勇气和理想，除此之外，别无长物，这时间的坚持者，这特立独行的孤胆英雄。

一匹马远去了，像一面飘扬的旗帜，渐行渐远，启示而警醒。

——一匹马，就是自己的远方！

（选自《中华活页文选（八年级）》，2011 年第 2 期）

时光怎样的深处

黑夜，除了你
我还能怎样
与世界言说

——《最后一个夜晚》

黑洞，席卷着旋风，探向幽深的地宫。

魔盒，神秘莫测，紧锁着无以名状的灾难和怒火。

原始森林，亿万斯年的沧海巨变，侏罗纪、煤炭、鱼化石、松油里的飞虫，无言的明证。

日月星辰日日是为谁落？

葛蕨藤萝年年是为谁生？

我是一节一节错过的火车，是一浪一浪陨灭的花海，是无本之木，是空穴来风，在薰衣草的香气里有长久的睡眠，短暂的安宁。

我在时光的深处等你，在一息尚存的针尖上等你，让一滴水放大快乐，让一丝光照亮前程。

想起辽远的世界，你的哀愁多么细小。

想起蚂蚁的努力，你还有什么理由卑微？

黑夜是最安全的居所，黑夜是最纯的阴谋。

在时光的深处，我祈祷……

（选自《山东文学》下半月刊，2016 年第 1 期）

刘赞科

刘赞科(1968—　),山东青岛人。著有诗集《走丢的脚印》。

浪

就此停下你的惶惑吧。你爬不上这岸。

你只是海一次生动的表情。如我,是那黄土地上偶尔的一个微笑,绽开于苦涩。

黄昏看海,往事浩浩荡荡,乘风而来。我欲出海,我的船呢?

岸,伸着长长的舌,与海对吻。海鸥或浮云,悠然放影垂钓。

这时候的人,想见渔姑孤舟海上,放一只咸咸的“渔家傲”。少年之歌,是一种鱼,击水而进,乘水而退。

源于海,当归之于海。每一次冲动注定为水。浪尖上有我的昨天和梦。

夕阳是一只被剥之兽,制造了海美丽的伤痕。所有的故事由此偷渡。

岸,只是生命的片段,如爱。

山下的海

视线顾及的这片海，在山的下身涌动着，围绕而不进入。

这落寞的眼，瞅凉了岛城身外远远的天。

远方的浪，长途奔袭而来，一身疲惫。未等爬上此岸，便摔倒在沙滩上，粉身碎骨，泪流满面。

是什么托付在浪身上，如此沉重？是什么让浪要挣脱海的怀抱，扑击此岸。

生命如浪，长途奔袭……

爱情如浪，潮退无痕……

海无语，这冬季无语。回头时彼岸已远。

只有这层层不断的浪，轰隆隆狂奔而来，吐尽泡沫，寂寞而去。

崂　山

这是史前的巨浪，咆哮之后，留下的，龙的脊背，浮在海面上。随着故事和传说出没。

山上蘑菇样的石头，还保持着跃动的姿态。光洁和冷的眼穿越历史的雾，而根在海深处。

一座山，是一本书。每一片叶，都写满经文。

海上的崂山，如一艘船，每一截树枝，都可做桨出海。洞里的道士，用手指着清澈的海。

千百年，晨钟暮鼓，穿林击水，传递不绝的鸟鸣。

而禅，在无语深处。

人在山中，鱼在海中。逍遥悠然，神仙走。

崂山，一座永不沉没的船，载着生命与坚硬，驶向史后。

（选自《走丢的脚印》，中国海洋出版社，2014 年版）

庞学杰

庞学杰(1968—)，笔名萝卜孩儿，山东平度人，现居山东青岛。著有诗集《第七感觉》《短笛长腔》。

海

一

是海。

就有万顷波涛。

就有数不清的浪花的梦，一直延伸到天边。

就有一个个灵魂，扎根海底，仰望成一座座孤岛。

就有无数的心跳，伴着海浪的节奏，集结在黄金的岸边。

帆影是一条手帕，正飞向一座孤岛。

孤岛上的一条美人鱼，淋浴着一场秋雨。

寂寞的人儿！让多少鱼眼失明；让多少季风，迷失了自己的方向……

二

也是海。

四季的海风，轮回中。

漩涡里，无数颗心，扎根海拔。

梦里，浪花开满向阳的额头。

一枚枚鱼眼，眨巴着晶莹的盐粒。彼此：会心，会意。

海底的火山：舌头摇摆，舌尖点燃黎明。

突然就苏醒了：海的喉音，海的梦……

三

还是海！

一棵树，一页孤舟。漂泊在海上。

昂首的帆，白发苍苍。伸开的双臂，拥抱彻骨的苍凉。

苍天在上。遥不可及的昨天的海，遥远的海：只剩下一双鱼眼，一道闪电，一面补着补丁的帆！

帆影连绵的白天，被犁开的海的胸腹，露出浪花失血的笑容。

鱼眼不眠的夜晚，多少盐粒爬上岸，裸身秋天……

（选自“中国散文诗研究中心公众号”，2016 年 12 月 5 日）

云　帆

一页孤帆，云的下凡。

越走越远的帆影，越走越近的内心。

浪花，谁内心的私语，源于一场梦呓，又回归另一场梦呓。

醒来的浪花，再一次睡去。

礁石，海的牙齿，把自身咀嚼成满岸的沙子。

海上，四季的云，在抬头和低头之间：抬头是朝霞，低头是晚霞。

歇脚银帆上的朵朵白云，最终，与帆合二为一。

云的远方，帆的远方。

数不清的海市蜃楼，传说一样，次第开放……

（选自《中国海洋报》，2016 年 9 月）

枯　槐

老槐树，空巢的树冠上，多少烟云浮光掠影！

槐花的闪念，一晃就成了往事！一群麻雀的繁华，比闪电更短暂！

槐树下，磨道是岁月遗留的光晕。蒙头拉磨的最后一头驴，只剩下影子和灵魂躲在石盘下，午夜里：哆嗦，呻吟。

石碾是谁攥紧的拳头？石盘是谁盛泪的盘子？

老槐树，多少枯枝伸向天空，抓空，又抓空！

多少影子被风化，渗入泥土！

今夜，积水的石盘，忘记了一朵朵槐花的微笑，只珍藏着一片片槐叶的泪滴……

（选自《山东文学》下半月刊，2014 年第 6 期）

天　涯

天涯（1969—　），原名沈珈如，浙江鄞州人。著有长篇小说、短篇小说集、散文集、散文诗集20余部。

梦游长白山

一

有一座山，在梦中拔地而起。

冰与火的纠结、分离、重叠。千年，万年，亿年，分不清哪个是你，哪个是我？

怀一颗朝圣的心，我，走向你——长白山。

陌生的距离，熟悉的气息，在无数个轮回里，一定有我们最初相遇的印记。你若是白云峰巅的一块浮石，我必是萦绕你的那一缕雾霭，终年不散，不离不弃。

在春天出发，听松花江上歌声。弥漫在战争硝烟里的悲曲早已隐在历史的深处，看，夕阳金辉，镀亮一江春水。我愿是江上的渔家女子，与你对唱在山水之间。撒一网希望，收获丰厚的生活沉甸。

夏到图们江，看崇山峻岭的苍翠，想象你的风姿。在丛林之上，你是卓尔不群的那一棵树。隔江相望，那是另一个国度，那年那月，多少个年轻的身影跨过一条名叫鸭绿江的河流，在那片土地上，洒下滚烫的热血？从此，鸭绿江的秋天，遍地菊黄。

每一条江河不会无缘无故地潮涌，寻找那源头，顺流而上，长白山，原来她们都是你的孩子，血脉相连，但又各自枯荣。

今夜，我也是你的孩子呵，长白山。红尘之外，是我对你永远的仰望。睿智的头颅上，白发如霜，那是季节的旗帜，在风中招摇山的传奇。

光阴在松杉叶间跳跃，漫步林间小道，我的呼吸似自由飞翔的鸟。总有一条路可以抵达你的心门，纵然荆棘密布，也挡不住一朵野花向太阳奉献芬芳。

伸出双手，虔诚地与你的掌心相印。温度、力量，还有爱，从一双手到另一双手，传递。

“长相守，到白头”，心怀美好的人，看什么都是风景。把我的梦交给你，在你的怀里，生根发芽，长成一株云杉，抑或一片岳桦矮林。

长白山，隔着千里，我在梦游中，轻轻走过你的四季。

二

山，有山的高度。

这高度，与海拔无关。

山，有山的思想。

这思想，难以用凡人的思维去解读。

山，有山的爱。

抑不住的是地底下暗涌的岩浆，那一次次喷发的，是痛苦的煎熬，也是生命的辉煌。

长白山，一个诗意的名字，带着我在梦中寻找历史遗留的踪迹。而你，会在哪一块岩石上为我竖起光明的丰碑？

三

我不想用华丽的辞藻赞美你，天池。在你面前，所有的赞美都显得苍白无力。你就是你，从远古苍茫中走来的你。

一天天，一月月，一年年，无数个脚印重叠，只为了接近你，明知无法一亲芳泽，看一眼也好。看一眼，就有了灵魂安居之所，因为，那水不是水，那池也不是池。

其实，你是女娲洒下人间的最后一滴眼泪，在补天之后。晶莹，剔透，又无比深邃。

没有人真正懂你。日出月落，繁花似锦，那不过是指缝间的云烟。心似红尘外的雪莲，宁可枯萎，也不愿随波逐流，自命风流。

我知道，你在那里。

既然，在这个八月，没有一条路能让我抵达你，那就让我在梦中与你相遇——不是为了攀附，不是因为仰视，我只想让自己停下匆促的脚步，收拢飘浮的思绪，以一朵紧抱紫意的野花形象，与你静静对视，倾听：阳光下，灵魂与灵魂的告白。

（选自散文诗集《蓝的情人》，河南文艺出版社，2011 年版）

史　枫

史枫（1969—　），原名史凤英，山西太原人。著有诗集《时光深处》，散文集《记忆里开花》，散文诗合集《林中对吟》。

风若如禅

夜幕下忽有狂风大作，席卷、叩击着万物，仿佛在刻意寻找尘世间的一些秘密。

而更多时候的微风轻漾，像肌肤沐浴着词语，呼吸和吐纳着日月更新。

风若如禅，我退守的疆域，将以裸露的情感，接受岁月的洗礼。风以无形的存在，漂泊灵魂的动感，追寻托寄丝缕般不断的情怀，无声的表情，一地绿肥红瘦，淹没自我迟暮的江山。有谁，还在倾听风笛的悠扬？将深怀于心的琴谱，常在素手间弹奏。

我不在意山水之间，走失那匹看似庞大的橡皮之马。只想植根那细弱的小草和飘飞的蒲公英。

与风对话，与过往的流水对视，捧出无数的心跳，与时间同步。

生命的底色，在风的面前，逐渐裸露真实的纹理。沟壑丛生，世事艰难的镜像，盘缠若结。风掀翻了假色的覆盖，让事物瘦身，让坦然开口言谈。我们与风在时间的长河中游戏，时而相遇，时而分离。

隔着时空，我们彼此看清了一切，不是一地纸屑，便是几缕轻烟。

此时，风在空中，正在尽情演奏着一阕禅音。天地如新，轮回不止。

空山新月

那些近在咫尺的山峰，像无数年轮增长的见证。我们有时无法读懂它的沉稳，像父辈挺直的脊梁，承载着许多负重，散发着力量的光芒。但我必须仰视它的艰辛，热爱它的无语，墨守对大地的承诺，保持与地平线的相连。

并且始终如一，让头顶悬着一弯明月，似无字的契约，书写相濡以沫的篇章。

灯火是它的遥想，像瞬间的诱惑，去环抱一团热情，吐纳奔放的积蓄。但空寂的浩渺，将凡俗的私欲，从你的身心剥脱到千里之外。

你必须是人类精神的象征，是历史长河的无字碑文，坚守的品质，让一切易变的风雨，如过眼烟云。

去年的月光，留下似有余温的抚慰。似一汪浅水，流溢出几多柔情。今年的新月,使半山的秀色,惹出春愁般的遐想。

寂寂空山,不容纳物欲的掠夺。秀美新月,只接受雅致的敬礼。

对视与遥望,让一片时空的传说,永远定格在无法言传的暗语中。

(选自《散文诗》,2015 年第 7 期)

马仕安

马仕安(1969—　),贵州黔西南人,笔名晓安。著有散文诗集《涨潮的相思河》,诗集《岁月之恋》,报告文学《这方热土》等。

我读高原

一

在我视线的源头。总有一片图腾的雄力,在我的崇拜里站着。

尽管赤裸的骨骼,缀满洪荒世纪的斑驳,承接过无数电闪雷鸣的摧磨。但他昂首的头颅,却始终直视着浩浩苍穹。

走近他,澎湃的心旌之上,不仅记录着高原独有的浑厚、神秘的壮阔,还有太阳潮沐浴的魂魄,原始森林勃发的情深意长……

于是,奔腾的思绪,攀着岁月的走向,激动的眼睛,张开思想的翅膀,读高原的风雨沧桑。

二

自盘古开天地,亘古的高原之上,曲曲孤烟苦苦地诉着南中国的一个部落。掘土而食的先人，以四肢和茂盛的胡须为柴，在这里燃起一束束血性的篝火。

纵使粗野强悍的高原风，将危崖幽壑撕扯得体无完肤。但豪爽的高原人依旧在这里看雾的呢喃，听草的絮语，读雨的梦幻。

淡淡激情，既无壮语，也无豪言。唯心中痛苦的渴望与追求从没停止过勃动。

遥望你。

高原之上，仍有一种气势、一种力量、一种坚韧，正透过苍劲的峰峦穿越我的魂魄。

三

在高原，昔日轰轰烈烈的膜拜和祈祷，早已在风雨弥漫的呜咽中，演绎成创造的神奇和辉煌的表达。

那无数只举起刚毅之花的仙人掌，那向风向雷向雨敞开的土地，那一颗颗炽烈澎湃的心跳。无不张扬着高原人豁达的胸襟、强悍的胆魄。

于是乎，在笔直的开拓与创造中，高原人无所顾忌地以命运之锋刃塑造着自己的多姿多彩。

要不，怎会有这么多茂密葱茏的子孙，心甘情愿地躬身走向高原，接受烈日残酷的爱，淫雨疯狂地打，日月亲切地吻。

四

在高原，肉色情绪时不时会擎起几只招魂的经幡。

经幡之下，是撕心的凄泣，悲郁的古歌。

高原很坦率，让你读出，躺在这里就是一条骚动不安的灵魂。死后，也能安然地聆听古老的山歌夯垒起伏着的昨天以后的传说。

徒步高原。有回声似鹰之翼飞来，成为眼眸壮丽一片。那雄奇有力的灵魂，让我看到了高原上的红土、西风，还有在高原上逐日的汉子，在高原上歇息的女人和光着屁股吮吸母乳的儿子……

五

高原人，

爱高原恨高原又离不开高原。

离不开高原又诅咒高原。

自己诅咒高原却又不让别人诅咒高原。

这就是我，一个高原子孙的全部骄傲和不幸。

夕阳西照，山风陡起，高原勃动的血脉在涨潮，那布满丛林的粗糙的身躯摇曳着郁郁葱葱的景色。

鹰在空中盘旋，风在悬崖中呜咽……

高原是我的，我们的——

（选自《星星·散文诗》，2013 年第 2 期）

刘成渝

刘成渝(1969—),四川攀枝花人。

月光谣

月光流动,江面空阔。香软的风在水波编织的丝绸上,伸腿,露脐。一扇禁锢的门推着月色打开,小路摇着腰肢走来。

远山在一团水墨里,酣睡。谁家的船,正在随水远去。褪去满身的红,两岸照水的花,扑簌簌,从开满月色的枝头,跳下来。江水一涨再涨,月光佩戴的银饰,在水雾中叮当着响。

花在水上流,水在花上流。每一朵花里都流着一条江,每一粒水中都开着一朵花。鱼逐香而来,花追鱼而去。

谁掀动的水波,推醒了一对熟睡的鸳鸯。河水窃窃的笑声,爬满两岸的枝头。

竹 简

写过字的竹子,不死。他长在大河两岸,教书。育人。用节,衡量人的高度。

我是长在竹简上的美人。我倾城,倾国,用舒缓的唱腔,把一个国的时间诗化，让国王、王子，争做高贵的诗人。

写过字的竹子，可以随身携带。必要时，可以撑船，用竹上的字，做灯，挂在船头，测算激流，险滩。

即使有人，把他埋在地下，用泥土堵住他的嘴，用虫眼啃食他的骨头，但他一旦重见阳光，就会发芽，绿满山岗。

青城山听蝉

那么多的蝉，集合在一起，喊我。她们站在树上，像唱着歌的叶子。在青城山听蝉，蝉声是进山的路。

我要把自己交给蝉。用蝉声洗手，净身，然后选一眼泉坐下，学那些安静的庙，听蝉声中泛着的绿和飘着的雾。

在青城山听蝉，你可以跟蝉对坐，听一条道如何构筑的城，看道如何用一头牛和一弯秋水，把你从一粒尘中救出。

在青城山听蝉，我要用一座城换取另一座城。

（选自《大沽河》，2017 年第 3 期）

高亦伭

高亦伭(1970—),本名高艳国,山东武城人。著有诗集、散文集、报告文学集等。

千佛山,思想的柔软

临湖而居。泉水里生长的思想;
注定坚硬里,盛开的是柔软之花。

晨钟暮鼓。所有的石头,都以佛的姿势站立。

登山的脚步。每一步都徜徉在经文的典籍里,声声佛号里,聆听到的全是诵读的虔诚。

风过山头,如沐檀香。你在山上,找不到你自己。

千佛山,却在双手合十中,看到了大明湖里,自己柔软的身段。

它,正对着天地间的万物,吐气如兰……

(选自《文艺报》,2014 年 9 月 1 日)

隐形的桃花

可以肯定,是一朵桃花牵引我走入桃花谷的。

这是一朵什么样的花呢? 我说不清楚。

说不清楚它的仪态、容颜;说不清楚它的籍贯、来世。

它是一朵隐形的桃花,但我好像在哪位诗人的诗句里读过,又好像在哪位画家的笔墨里赏过。

我唯一能说清楚的,是它的香。

从灵魂里涌出,圣洁,高雅,让人骨散,让人销魂。

但又有一些人,识不得这种香。

是谁,让我和桃花不期而遇?

(选自《山东诗典(2013 年卷)》,黄海出版社,2014 年 8 月版)

雪　漪

雪漪(1970—　),原名许冬梅,内蒙古锡林浩特人。著有散文诗集《我的心对你说》《灵魂交响》《春天的合唱》等。

我是草原的女儿

一

我从草原来,我是草原的女儿。

一片广袤,阔得深邃,绿得耀眼……

这是袒露人生的最初底色,这是马背民族典籍的亮丽封面。

蜿蜒九曲的锡林河,滋润了多少游子思乡的梦呵!那是成吉思汗的妻子飘落的围巾,这流淌性灵的生命之水。

天际一端,独特的平顶山,升腾着一代天骄成吉思汗纵横亚洲大陆的勇猛与胆魄,突显他怒剑削山的神气与威武。出塞和亲的佳话,在一个顶天立地的民族间流传。古老的部族和历史的往事在一起波澜起伏。

我在密绿的地方落座,我是你众多草叶中的一枚,为了不惊扰你,才掩得最深。与每一茎朴素的草交谈,眺望未来,却从不奢谈人生。

这方清幽静谧的神山圣水，我只想这样委婉地爱你，用我的色彩绘染你的色彩，用我的声音享读你的声音，用我的灵魂接纳你的灵魂。

二

我就是俗世一首有血有肉有情有义有泪有歌的诗，从你心脏地带缓缓流过，是因为我对你宗教般的虔敬与圣爱。在我流过时，留下凝重而深情的落款；而草原，已在我身上留下时光的痕迹，渗透我的智慧和精神。

天高地阔呵！我看见，鹰起飞时载足了勇气，那份激情不言而喻。太阳黄金的手抚摸着我，春风在我身前身后浩荡。世袭的敖包是我前生后世的背景，我承载着历史向未来摆渡。

在这无垠的绿色瀚海，虽然我飞不起来，仰望长天，我却和鹰的思想保持高度一致。

草原，请不惜一切代价为我朗诵吧！母语是最动听的表达。呈一条吉祥的哈达，献给马背上崛起的民族，这可以让神鹰和千里马寻找自由的天堂。脚踏草原这方边塞，从我心中流出的每一声，都是与草原一脉相承的心跳。

三

我从草原来，我是草原的女儿。

捧着一部草原的童话，我像一个教徒似的翻开草原的扉页，一条绿色的格言律动一片浩荡。亲亲草原，我翻用不完的稿纸。

我喜欢拄笔行走，纸上都是我发源的思想。打开心灵，我蘸马背民族的绿色绘草原文化的蓝图。

草原在成长中泄露它的隐私，我的红尘也在草原的庇护下静静成长。面对时光，除了追赶、欣赏、聆听，我还要歌唱。满怀吉祥呵，让我用滔滔生命的爱为浩浩岁月镶银质的花边。

我喜欢这样用诗将你一季又一季从黄到绿地翻阅……

一个善待草原的炎黄女子，怀揣初世的爱和一生一世的豪情。草原用无限的力量托举着我，我用无限的爱彰显着草原。

四

我从草原来，我是草原的女儿。

我要把草原背成行囊，这是一幅流动的画，大写的情怀充满愿景。无论走到哪里，你都是我醒也依偎梦也沉醉的家园。

骏马奔向高山，我以迎接的方式奔向太阳和星辰。我幽深的目光一望无际……

站在时光对岸，一群又一群羊绵绵而来，又晃晃而去。这些缓慢的动词，敞开了胸怀去爱。

宿醉一场，我浓缩成草原的一枚小小标点，该等待时等待，该完成时完成，该省略时省略，该欢呼时欢呼。我的脚印沾满你朴素的芬芳，寸寸拔节的希望已嵌入血脉。

山川、牛羊、蒙古长调，在我的视域真实而可信，我被它们接受，我的梦开始在草原上涨潮。马头琴是我最亲近的朋友，我总感觉，这流畅的声音可以牵引我的梦百折千回，又峰回路转。

我打马而过。我想，整个草原可以感受到我纵扬的力量。托起一个刚脱下胞衣的太阳，这是我又一次带着阳光色彩的图腾。

哪一种希望都是山重水复，哪一种幸福都是柳暗花明。

我的锡林郭勒草原，长调的歌声永恒地响在我的头顶。站在你面前，我的一颗心要为你开花！我的一双手要捧给你我生命树上结下的硕果！

（选自《当代世界华人诗文精选》，美国天涯文艺出版社，2007 年版）

王忠友

王忠友(1970—)，山东平度人。著有散文诗集《断脐的地方》。

秋天，在黄河入海口

一

老远，喉咙里喊出来的花朵——

百亩，千亩，万亩，苍茫盛开。一路飘雪，起伏着辽阔和大美。这是秋天黄河入海口最辽阔的颂词。

黄蓿菜和碱蓬草编织的红地毯，如大海亢奋的浪花，火红着。亿万年记忆和沉淀，等待着——

请让我，再走近些。

浩瀚的烈焰，早已等来了这块共和国最年轻的土地上的人们。

面对蜿蜒、幽咽、峰回路转的生活，跌宕、多舛、潮涌大野的命运，黄河母亲让我们学会了自强不息，厚德载物。

风吹芦苇。我的眼睛在望，心灵在飞。一棵采油树，深深注视着这条向东入海的大河。身后的芦花飞雪，西阳正落……

二

阔大无边的土地，再一次飘雪。

日夜不停的抽油机，老驴一样驮来了暮色。

那只飞鹳，头顶一朵芦花的头巾，紧贴浩大和苍茫，在叫。

黄河口听雪。谁把另一朵洁白的头颅，拥入我怀？

这个秋天，一层一层的风，将我囚禁入芦花之中。

三

芦花重又回到秋天。我如约而至，听黄河不再折折叠叠的叹息。

黄河是该好好歇歇了。

在飘着石油花的入海口，一列一列的浪花高耸，苍茫，辽远，一排一排向大海深处延伸，那是民族的动脉，母亲的血脉和大海的胸怀，无私地交汇、拥抱在一起。

这就是我们的母亲，我们的黄河。

而我们，正年轻。

回到一枝蒹葭，流水深处，苍翠一枝，爱着黄河母亲。

或者，做一只小羊或者一只水禽，永远蹲在母亲的身旁。

暮色里，一个扛镢头的背影，安静地走进一条细小支流的深处……

四

秋风吹动古老的黄河。

比云朵更高的是芦花的飞翔，比黄河更低的是盐碱地裸露的忧伤。

芦花安静地白。钻塔苍茫着沉默。

芦苇荡里的黑天鹅，欸乃着湿地清净的波纹，就像捡拾那些古老缓慢的时光。

在浩大的花期里，谁都可以自由抒情。

迷离的忧伤，被芦花的光芒，一一照亮。

阳光正好。把一群水鸭，从一片宁静赶往另一片宁静……

五

一朵芦花，又一朵芦花，直抵心灵之故乡。

丹顶鹤飞过，大雁掠过，野鸭游过……红地毯，忠贞地静守母亲河。

芦花起伏，我的心一路无法平静。

是该在地毯里，隐去；还是在飞雪里，归去？

我一次次收回目光。一个孤独的漂泊者，站在油塔上，迎着风……

六

黄河瘦了。

谁撑远了黄河的影子，还穿着经年的那件黄衣裳？

谁说大地的心事，不是黄河的心事？

一束素白之心，使劲弯腰，聆听黄河母亲的絮语。

热爱，总是这样执着。

这时候，芦荻开花，开始说话。

一笛芦苇，举高了我的仰望。白鹭飞起，衔着我的凝望，把低下的身躯，塞在广袤的湿地……

七

年年秋风，岁岁飘雪。

这里，有什么比芦花更柔情，更缠绵？

红地毯在遥远的梦中，覆盖黄河滩的沉静。内心的河流，怎么也漫不过黄河的跌宕和曲折。

丹顶鹤，黑天鹅……谁在夜里点灯，谁在迎风启程？

我一路走着，脚下是黑潮汐隐秘力量的涌动，身旁是黄河的波澜不惊……

八

红荆条，在白茫茫的芦花之上，苍凉着绿。

时间深处的孤岛，还流着泪，哀着愁？

西望也荒，北眺也凉。半个世纪以前的黄河滩啊，随便抓一把泥土，都能听到黄河低低的哭泣。

直到很久以后的一个黄昏，一群追赶理想的人，古铜的身躯扎根这里，高耸起祖国的钻塔……

泪流千古的黄河，望着这群年轻的身影。

从此，孤岛不孤。天下便有了黄河盐碱地美丽的传奇。

会有人记住你们的。蒹葭年年长，芦花岁岁飞，黄河几千年一直这样淌。

九

坐在湿地，落日遥远。

白鹭在长天盘旋，水鸟在荒野觅食。

一只黑天鹅，从残荷中孤单游出。另一只黑天鹅追来，交颈，嘀咕，原始着黄河古道最初的爱恋。

它们，能让我写出黄河入海口的八百亩情诗。写出红地毯爱的坚贞，芦花爱的洁白。黑夜里一盏一盏的矿灯，那是盐碱地上阔大无边的爱情。

十

芦花素面朝天，漂白黄河的额头。

那是谁，芦花之中，抱住自己孤独，守望，直逼深秋的辽阔和深邃?

歪脖柳举起苍茫的疼痛，浪花驮着黄河的眼泪。

芦花飘雪的日子，我能否成为孤岛一棵树，

或者，被风吹成一棵芦苇，轻盈飞翔?

因为苍茫的芦苇荡下面，埋着我的亲人和他们哽咽的家乡。

（选自《上海诗人》，2014 年第 1 期）

文 娟

文娟(1970—),原名刘伟娟,山东平度人,现居山东海阳。著有散文诗集《暖色调》。

林寺山,走进与抒写(选章)

再没有比你更本真的男人。拒绝一切虚伪的附加,你就是大地上延续一切正直的姓氏。

——题记

一

在这场相遇之前,我只是在一阵风中摸到过你的羽毛。而现在,有岩石凌空,有绿植覆体,你已是强壮的男人立在面前。涧谷,是宿命的胸腔,用来安放思考和时光的荆棘。

沐鸟语花香在你的身边,我不是异乡客,我是你久违的情人。如果有关不住的心跳弹出体内,请毋庸置疑,那是见证爱情的唯一信物。

我承认,我曾为宅居唱过赞歌,但也感叹相遇是如此的美好。

因为许多人的付出，我看到大自然的财富，正在或者已经成为人类奔赴文明的经费。无论是平原、山岗，还是闹市与村庄。

再没有比你更本真的男人。拒绝一切虚伪的附加，你就是大地上延续一切正直的姓氏。我正迂回而上。

二

怎样处理等级的距离感？收起陌生，收起偏见，让热血流动，然后，再将一颗心敞开！我像渺小的沙粒置身遥远的沙滩。天公何其作美，挥手挡住昨日的火焰，围绕我们的清凉，是山里的风水而动……

仿佛，只有植物才有如此的权利释放绿色，让单纯的花朵在枝头孕育，让一群蜜蜂、一群飞鸟，抑或一群清纯的露珠，爱慕漫山遍野翠绿的诗歌和种植它们的诗人。在翠绿中行走，体力像视力一样得以释放，我们可以走得更远，也可以看得更远。此刻，上午的微风吹动一山蝉鸣，也吹走我以往的郁闷和孤独。

同样的泥土在不同的高度，林寺山，有很远的风景可以陶醉。那是男人的胸怀，一层层拓宽，无论是植被抒情还是凌峰意境，都用原始的风景抒写美好。出乎意料，这里的山路都以友好的形式蜿蜒，就像邀请我们的手臂。在它热情的语境中一步步走下去，我们是不安分的蜜蜂，心里充满恭敬与好奇。

三

预感告知:我将在一场酣畅淋漓的相遇中得到爱情。泉水叮咚,草长莺飞,蓝天下的万亩森林,爱人,我在你的掌心,我在听:你汲水、取火,与我对望,眼睛是倾斜的绿,嘴唇是驿动的花……

初进十里洋槐,感叹倾城。密集的树干没有秃废,没有虚妄也没有忧伤,它们轻身而出,力量的手臂挂满阳光的线条。一边蔑视远方的暴力与野心,一边演绎生命的本真,有多少爱恨情仇,任重与道远都写上蓝天的纸张。遇不逢时,槐花遁迹的遗憾是我心头的刺青。

再一次登高。荆花的密林小鸟般地依人,更像少女的羞涩低于风的翅膀,蝴蝶飞来了,蜜蜂飞来了,淡紫色的温柔依然素静。似乎突然的心有灵犀厌倦了纸醉金迷:我们不需要在时光中喊疼,更不应有恨,就算秋天就要来临,春天也曾给过我们灿烂的花纹,我们只需朴素地生,朴素地养,然后再朴素地等待远方。

浮华不在的时辰,蓦然抬头,仿佛第一次看见自己。

四

不断结识上升的风,用来理顺一些激动的词语,此时,动感的山头就在眼前。

蓝天重现，白云重现。风动石脚跟前蹬，身体后倾，时机与分寸恰到好处地把握，仿佛数千年前定格一次失足后的悬崖勒马。选中一个孩子去敲响警钟，让这急促的波澜，为被提示的行径更改新的路程。最高的山头是林寺山伸出的大手么？正为悔过的孩子阻挡背后袭来的风。

磨盘石则像安详的老人，永远严丝合缝。它不排斥烈日的强暴和时光的灰，也不在闪电中喊疼。它的记忆装满了红花、绿树、瀑布和稻谷，也装满了男人女人，牛犁和重复唠叨的小毛驴。每当阳光撒下它的影子，所有的记忆都是幸福的预言。

最美莫如初见，定格千年。两只乌龟深爱彼此心中的玫瑰，也深爱时光小量的毒。什么红尘滚滚，流言骚潮，它们只愿为永恒的爱情匍匐成岩，这让林寺山的每句诗行都因它们而水灵灵地诞生……

（选自《暖色调》，北京燕山出版社，2016年版）

水 湄

水湄(1970—),原名鲜红蕊,四川德阳人。著有诗集《遗落在风中的岁月》等。

洮河,一条说着藏语的河流

大河悬空。

这琥珀,这来自蛮荒的高贵河流,用藏语说着你五千年古老神秘的传说。

希望五千年,悲怆也五千年。

从残存的史志典章中搜索,繁荣,衰败,开卷捧读,一条河流记得住自己的地理坐标和出处。

和平。战争。

狼烟四起,战马嘶鸣,荣辱的往昔,滔滔的洮河仍响彻着吐蕃、吐谷浑人、嘣厮啰人勇猛的身影和激越的马蹄。

奔涌。咆哮。隐忍。平静。

辉煌灿烂,在万古苍凉的高原上蜿蜒,这个性的河流,就是一面波澜壮阔的人生!

雷鸣闪电下,你是一尊被雕塑了的象征!

你奔放不羁的元素在黄河的上游,是它的水塔,是勤劳者千年寻求的基因!

羚羊在远山的峰顶喊叫，葳蕤的草原，坐在厚厚的两岸。

母性的河流，以鼻音的摇篮曲，你唱出生命的献歌，你的乳汁养活庄稼、牲畜和勤劳的子民。

煨起桑烟，牧民，牛羊，油菜花耀眼夺目伴着滚滚翻卷的麦浪在巨大的现场。

烟与雾。草与石头。群星在你摇着经轮的两岸燃烧，雪鹰俯身。

当月亮和星星掉落在河里成为珍珠，当河畔插上美丽的鲜花，

当染香的马蹄敲击如鼓，当蝴蝶扑进花丛，在风情的“香浪节”，

看呀，似马如龙的扎西端着青稞酒，明艳如花的卓玛和央金戴着花冠。

张口歌唱，转身舞蹈，一个能歌善舞的民族，由你流动的蓝色血脉孕育，在你最深的水里醒着，举着火把和藏刀。

圣山走动。

经卷。祭坛。佛语。

大漠孤烟。被大风吹亮，太阳金乌站在洮河的肢体上闪光，歌唱。

（选自《散文诗》青年版，2017 年第 2 期）

陈平军

陈平军(1971—),陕西安康人。著有散文诗集《边走边唱》等。

夜宿经棚

今夜有多少僧侣在此驻足,手持经文,此起彼伏地吟诵?

明天有多少商贾在此云集,满载希望,天南地北地吆喝?

遥想特薛禅那锐利的目光,穿透大漠的历史烟云,读懂成吉思汗的人生。

钦佩特薛禅那博大的胸怀,理解战争的残酷悲壮,渴望世界和平的祈愿。

坐拥必如河,北靠大兴安岭,搭棚诵经,是以宗教的方式换得战争的停歇么?

西拉沐沦河边,敖包山的阿弥陀佛,是在告诫世人,放弃掠夺,共建家园么?

而今夜,面对我,这不速之客,一个怀揣梦想的陕南汉子,头顶闪闪的星斗,脚沾野草的露珠,在格桑花的微笑中,千里迢迢来探访你这个神秘的草原汉子,你可知道我在你面前那微小而缥缈的梦想,我只想和我心爱的女人,在经棚的夜空,在一片片经文吟诵中看星星,然后把她带到天上去。

探访库不齐沙漠

我，就像一根离弦的箭，疾速地被黄河射到一片沙海里。

面对蔚蓝与洪荒，我的记忆无所适从，就像沙海与湖泊，沙漠与绿洲，原来也是那么近在咫尺，那么泾渭分明。

面对梦想与现实，我的脚步徘徊不前，就像诞生与毁灭，希望与失望，都只在一念之间，原来世事就是那么纷繁无常。

一地驼铃，洒遍辉煌的记忆，谁能告诉我哪里是过去，哪里是未来？

沙海飞舞，一路欢歌与笑语，谁能告诉我何时是幸福，何时是忧伤？

（选自《星星·散文诗》，2013 年第 6 期）

香　奴

香奴(1971—　),原名韩春艳,内蒙古兴安人,现居广东珠海。著有诗文合集《不如怀念》。

蛟流河

水至清,捧在手掌里就可以喝,贴近水面看到自己,辫子上的红绫子很有可能垂进水里,小鱼四散,乱箭一般射中了水滴。

还不懂临水照花这个词,七岁的我负责给沐浴的姑娘们站岗放哨,有点害羞那些内侧打着补丁的花衣裳,那些在庄稼地里奔忙了一个春天的身体,一群洁白的,结实的身体。

叫“洋胰子”的宝物香喷喷的,香得让人提心吊胆,我一次次握紧手心里的石子,如果有人闯进视野,我就向他,投以暗器。

确切地说,蛟流河的那条支流叫南河。我出生的时候,她就在,并且湍流不息,所以我从来没问过,她的来历。

这像妈妈,我出生的时候,她就在,我吃着她,喝着她,呼吸着她。

后来，村里所有的知青都返回城市，我们的妈妈也进了城。

南河逐渐消息遥远，直至她从河床上彻底消失。

一根鱼骨未剩。也再无需要守卫的洁白的身体。

我的生命之源，由实转虚。

额尔古纳河

右岸，鄂伦春的传奇被书写得详略得当，每一棵牧草都有自己的章节，春秋里牵扯出青黄等，颜色诸多。

左岸，我更喜欢，草原人迹罕至的样子，喜鹊不怕任何来客，想歌唱就歌唱，想沉默就沉默。白桦树上有窝，家住云端的喜鹊，黑白分明。

萨满，召唤灵魂。

额尔古纳河带走风云变幻的过往，硝烟，红尘，狩猎者的弓箭，敏捷的麋鹿，还仅剩落叶层叠，风雪也无法卷起这些沉静者，他们在腐烂里得到了永生。

落叶或许不知道，他们最终是大地的一部分，额尔古纳河深情地流经的那一部分。

秦淮河

有雨，就有了秦淮河荡漾的绿。

翻新的油纸伞，做旧的旗袍，那些如花美眷，到底去了晚晴楼，还是桃叶渡？过往的君子，是在文德桥下马，还是在白鹭洲沽酒？

岁月被抽空一截，雨水就来填满一截，让光阴的波纹，不增不减。

朱雀桥边，唐代的青苔连着野草花，对面众多的人里，一定有那个刘禹锡，翘首等待那些早就消失的燕子，就像我在乌衣巷口，等一场诗题里的艳遇。

桃花扇，托不起这七月的热风，一些美艳的名字和胭脂水一起倒入秦淮河，所以那莫测的深邃的绿里，开出花朵，粉红的夹竹桃，素白的夹竹桃，可是当年商女隔江的所唱？

有雨，就有了青衫红袖上的泪痕。

忧伤被风干，又被淋湿。琵琶声起，一曲一断肠。

（选自《精彩诗报》，2017 年第 3 期）

邱雨秋

邱雨秋（1971— ），原名邱伟，山东即墨人。著有诗歌、散文诗合集《墨水河的月光》。

与谁共眠

灯光叫出了蚊虫，然后，不时害羞地瞅着秋天。

一对情侣，站成两株银杏树。

墙角，身着礼服的爬墙虎，竟然累弯了腰，一根排水管正努力纠错。

耀眼的短裙崴了脚，仍然沐浴着霓虹，在红酒花园的红地毯上，忘情舞蹈。

风跃上枝叶。三两声蛙鸣，融进阁楼的袅绕书香。

梦中，一支烟翻看往事。

邂逅秋雨

挥别秋雨，沐雨而行。风追随着，吹动少年郎的书声。

他在推敲一首，诗的标题。

雨，喋喋不休，掩盖着忧郁，以及心中，淡淡的清愁。

或许，秋雨属于乡村。黄昏后，炊烟四起，沙沙的雨与玉米、高粱、大豆、地瓜交谈。新农村的欢乐，也像绵密的雨丝，细柔而多情。

秋雨，是爷爷活着时，最喜欢的一个话题。

望穿秋水

秋水是可以望穿的吗?

叫卖天籁的蝉们，累了，要收摊。

蜻蜓点击落叶的脸庞，一丝一缕，诱惑了这个黄昏。

倚柳半卧的女子，在人工雕塑的假山旁，手机对准自己的妩媚，心中的欢欣，偷偷溜了出来。

一把伞，听说了什么，走出家门，接迎风中的奇遇。

袅袅炊烟，氤氲着墨水河，像唐诗的韵律，可以入画，入诗。

（选自《山东文学》下半月刊，2017 年第 12 期）

熊　亮

熊亮(1971—　),江西南昌人。著有散文诗集《破茧》等。

江　南(节选)

一

偏安的江南,润如酥的江南,堆积了太多文雅与秀气的江南。

四百八十座寺庙在雨中,南朝的烟雨依旧细细密密,山花在山岗开放。

断桥。相逢的地方,也是伤心的地方。(江南。溪流还是那样清澈吗? 朦胧的山外山被一柄团扇半遮。)

走进江南。江南在一夜春雨里桃红千里。

窗前的芭蕉,蓬勃。

被江湖浸润的江南,瘦了青山,瘦了青衫。

(瘦成一枚绿茶,装进我的行囊。)

江南的弯月,是温暖的,照过诗经里的歌唱,照过笔墨的、一次次解放的江南晓月,一次次熨平游子的思念。

我在江南的纸上以汉字以墨香漫游，行行，重重。长江在纸上，故乡在纸上，祖先们的影子在纸上。

候鸟在江南，燕子在江南，凤尾竹在月下蝴蝶翩跹。

沉醉的江南哦，你是这样甘醇，你总是这样招摇。（那是江南的旧梦在重温，从昆曲里坠入温柔之乡。哦，南国的旧梦。）

社鼓又闻杜鹃。

香艳的奔放的江南，缤纷是属于你的，多情是属于你的。

江南的清风撩动雨中我的衣襟，散了这瓷器杯中的茶香，你的长发飘起。

思念到死的江南，自由的江南，镜子里的江南，画卷一样的江南。哦，叫我忘却天堂的江南！

四

淡墨里的江南，多少楼船多少沉重的史诗在长江的浪花里。

江南自有江心击楫的男子汉，自有铁马向秋风的侠气。

水上的江南，百舸争流的江南。

细柳在滨，黄鹂自鸣。

楚辞的佳句是天然的，细细的柳叶师法自然的高超，我愿长歌江南岸，我愿醉舞楚山头。

（选自《大沽河》，2017 年第 2 期）

扎西才让

扎西才让（1972— ），甘肃甘南人。著有《扎西才让诗歌精选》《七扇门——扎西才让散文诗选》等。

佛慧山：历下度母

皮肤幽碧的她，有怠倦的淑女之美，舒适的卧姿，使人类的心神，更在红尘之外。

远处传来鲁地民谣，是那种哀怨的调子。

侧耳倾听时，她已经成为传说中的佛国净土。

我安静地坐在她的身旁，仰望着她，像仰望着来自圣地的度母。

我曾是一个浪漫的骑士，也曾心怀天下，而今在她面前，我不过是个归来的游子。

千佛山上的晚霞

尚未顿悟的僧人来到千佛山顶，当他静修时，他的家人在广场上溜达。

晚霞铺在千佛山上，红彤彤一片，漫漫长夜即将到来。

我们也是广场上散步的另一群，有着少年的瘦顽和浅薄，还是那么冲动。甚至不怕苦难，也不畏惧死亡，只悲伤于女孩的虚伪，爱情的易变。

当我们回到家里，不知道有人已经为我们祈祷过了。

我们熟睡过去，知道明天的朝阳，肯定还是刚刚把白云染红的这一轮。

你胸前的玫瑰是鼎盛的王朝

——大明湖抒怀

对你来说，黄金和各色珠宝，只暂时存在于繁华的红尘。

当你在西风吹送时层现的秋波，才是这荒凉的人世上最珍奇的。

你胸前的玫瑰是鼎盛的王朝，你的房间是一个辉煌的世纪。当你雍容典雅地出现在我面前，我就是被高贵耀花了眼的瞎子。

哦，此生有你如月亮朗照，我愿意做你月下的一枚彩石，静卧在你生命的长河边，久久地，久久地，不忍离去。

（选自《人民文学》，“诗意济南·风雅历下”特刊，2015 年）

孙万江

孙万江(1972—),笔名后街,江苏南京人。散文诗被收入多种选本。

蓝天上白云下

多么纯蓝的天际,草场一样的辽阔。
藏族人、蒙古族人骑着骏马,
披着白云的哈达,
在青海之巅放牧、舞蹈、歌唱、喝酥油茶。

青稞吐穗,油菜花黄,
一株青稞,一座佛塔,
一朵油菜花,一位美丽的姑娘。
青海的午后,一只鹰驮着雪山的云锦飘落在马背上。

经幡之上

青藏高原的头顶,飘舞着万朵祥云,
是不能触摸的悟和空,需要用心去擦亮。
那是我寻觅一世的神圣的庙宇和辉煌的殿堂。

尼玛堆，神的佛珠，
经幡之上，彩云浩荡，
煨桑，羊群的队伍比棉花还白，驶向天堂。

在青海通往拉萨的路上，
每一个脸庞红紫的男人和女人都是一枚小小的太阳，
在高原燃烧，怀中揣着一分安详。

如　美

如美，
坐落在藏东南的一个小镇，
一条天路把她推举到蓝天上白云间。

夜晚星星像一颗颗银色的纽扣散落在头顶，
淡黄色的月亮似放飞的纸鹞，拴在一个人的身边。

风吹斜雪山的倒影，
澜沧江的涛声枕在耳旁，
高原鼾声阵阵，睡得香甜。

如美，如此美丽，
她是天上人间的一根琴弦。

（选自《江河文学》，2016 年第 6 期）

霜扣儿

霜扣儿(1972—),原名王玮,黑龙江海伦人。著有诗集《你看那落日》,散文诗集《虐心时在天堂》等。

静听春江花月夜

一

什么人听到,一曲如烟,缠于目光的翅上。

弦若流云,顺水而下,幽蓝的月亮滑进指尖。着白衣的女子托起长袖,任一缕微光,绽放出无数兰心。

青丝一握于你手中,千年后,桃花墙外,柳叶收留春风,送一声失而复得的问候。

二

一定要说城堡,你的旧家园。淡黄的砖在你脚下,长长地铺陈。

春江近时,琴未必响,但你走过时,足迹踏水,芳香的唇语飞如落花,一瓣瓣,染红胭脂。

菱形镜披起温柔的水草,千万条清水全部入怀。

歌起了，遥遥相和，前世今生开始联袂。

塞外，一下子比天涯还远了。

刚回江南的燕子小声说：

它有点想家。

三

回望的人，总要小心地转身，躲过一滴水洇开的朱红。

唐宋的碑上，所有的名字都似曾相识，春风一过就活了。

那些灵魂贴于月晕之中，看迟归的人如何被复制。

多年后，谁与谁奔回前朝的良宵，执手相看，问如何归来晚？

花若珠贝，在苍苍的人海里闪现。

拍水的小丫忘记了所有的忧愁，在柳筑的堤上，抱起温热的夕阳。

四

或者帆影，就是背影。

修长地延续着水的波声。

来来往往的，那春情或春愁，恰如蕊中悄探的小手，轻轻一摆，天就热了，蝶就来了。

所有盛开的，在沉默中，成为被爱的王。

五

向北或向南，都不是最终。

水的柔指，月的锦衫，春的缠绵。

多情人的眼睛点亮小巷的灯，一盏，就是一层小小的阁楼。

悠远的钟声，跳上伊人掌心，细眉未描呢，窗子下，一朵莲花欲开，鲤儿却睡了。

初听，时光停了。

又听，一袭清辉如川而来，淹没我，仙乐飘飘，人亦飘飘。

（选自《2013 中国年度散文诗》，漓江出版社，2014 年版）

王占斌

王占斌(1972—),山西大同人,著有诗集《倾诉北方》《像民歌一样行走》《闪电的幸福辽阔》,长诗《二重奏》等。

牧羊人:风吹草低

眼里揉进草坡、春暖花开,揉进羊的白。

如果用半生的时光沉睡,牧羊人在梦中依然风吹草低,厮守一片繁星的白。

手里多了一杆鞭,一声吆喝一声脆。羊儿要吃草,到山坡、到河湾、到沟里,到更远的地方去,一样的风吹草低。

可牧羊人终要回到原处,一块孤独的石头终究要在某个时候滑下山坡,一杆羊鞭的光亮会不会覆盖一生的草坡,埋藏在内心的灯盏,啥时候才能拨亮。

用一生的时光来换取一声吆喝,风吹草低追随的是一群灿烂繁殖的羊。

牧羊人把头埋得更低,远远望去,像是一挂被岁月风干的羊皮。

大风吹响白杨的排箫

在干草垛、沟沿边，在冰河的脸面上，冬天无处躲藏，白杨的排箫无处躲藏。

大风一直向北吹，火炉拼命唱红了脸膛。

从未见过如此浩大的合奏，村庄在高处，早就戴好了倾听的耳麦，低矮的房屋拘谨地扣好门扉。

风吹，大风吹响了白杨的排箫，大地上的寒冷戴上了雪花的头巾。

大风吹，村庄手里多了一把辽阔的扫帚，把田野上鸟兽的印记一个一个掩埋。

大风吹，北斗星吹出了夜幕低垂，吹出了天高，吹出了地厚，吹出了睡眠。

一路向北，大风吹响了白杨的排箫，谁把头深埋在窗花里，在北风的嘶哑声中，谛听到了春天由远及近的鸟鸣。

胡麻喊出蓝

用沟沿上六只蜂箱来喂养一片蓝，喊出雨水，喊出蜜蜂，喊出村庄的花布衫。

在北方，一片胡麻的蓝用天空也不换。

在蜜蜂的低语中轻声喊出，蓝啊！总在这个时候，我倾心于这些低低起伏的蓝，平展地躺在南梁上，看天和胡麻花一样蓝，看胡麻比天还蓝。

蓝得让蜜蜂忙碌,醉心搭建花蕊的帐篷。在蓝上潜伏,在蓝上自由自在地恋爱,嗡嗡嗡,在蓝上组建一个合唱团。

我要用整个夏天的早晨来清洗这片蓝,清洗出露水与纯净,清洗出村庄的素颜,清洗出蜜蜂低语中胡麻喊出的蓝。

那一片胡麻的蓝,用整座天空都不换。

(选自《大沽河》,2013 年第 2 期)

王　琪

王琪(1973—　),陕西华阴人。著有诗集《远去的罗敷河》《边缘人》等。

罗敷河滩

夜走罗敷河滩,荒凉顿生。

我收紧了身子,步履缓慢。是的,再没有谁,愿意携带愁怨来到此地。时间的伤口,寂寂然,不可名状,也无处可去。

尘烟卷着一簇暗淡的花朵,虚无,诡秘。空心的春天,因此有了晦涩的味道。那散漫天涯的静谧,草地应和树林的呼吸,仍是那么轻微。这世界,没有汹涌成海的样子。它站在原地,一动不动。

月照西窗,满怀瘦心事的人,不知今夕何年。

而广阔的忧虑,复转重来。跨越过千山,也没能阻滞住。但凭这空无一人的河滩,我走过的影子,最多只能形成一枚黑斑。

人间之暖遗落的地方,土丘上长着一株株黄草。它和死去的人并无关联。

我可以对着长空大喊一声，也可以低头沉思。

——在风起之时，让灵魂不再只剩下空壳，不再茫然游荡于这十里河滩。

霜将白

清秋之晨，斟满我眼帘的是一片无瑕的白。鸟声，从水流沿岸稀薄地发出。我循声望去，一条沾有露水的小径，弯弯曲曲向山那边延伸着。

薄雾还没有完全退掉，隐约其间的丛林，你无法清楚地去辨析。

一些破碎的日子已经远去，难以追抚，正成为短暂的过去。哦，是这寂寞成群、大团大团的波斯菊、鸡冠花，竞相开遍田野，尽情渲染着大地的诗意。

在许多易于怀旧的时辰，我常常手搭凉棚，看九霄明净，万景空澈，清雅之气自心胸顿生。

忧伤无影无踪。辽远的长空，与巍峨的高山，留下梦幻一般的童话，和天地同日而语。

是什么在无声滴落？又是什么在轻叩你的门扉？那些又远又近的物事，染日暮之白，月亮之白，也让这岩石、这一去不回的秋日逐渐泛白。

它若不曾被雨水打湿，只被命运裹挟，人世间这长长短短、大大小小的情思，就有了在尘世循环往复的充分理由。

有些花

前世的路上，有些花还在行走，就悄然委身于深秋的土壤。而另外一些，将谢未谢，开在窗前、月下，你沾满霜白的手指上。

这淡淡的馨香来自哪里？能否弥漫停止漂泊的心间？

日暮时分，罗敷河一带呈现出前所未有的苍茫：平原、山峦、村庄、乡间小道。蒙尘的记忆，让去往外婆桥的路悠长悠长……

逐开冷涩、隐晦，长垣空无一人。祖父来过这里，父亲来过这里，我来过这里。他们最后消瘦的面容，堪比十月，飘摇且穷尽于残风中的词语。

池塘边，我采摘的花不触目，更不惊心。静止于季节边缘，它们有话说不出。像我深夜栖伏与木制的案前，面对冰冷的文字，清心寡淡。

当群峰的影子倒压在敷南村，我看到一团银灰色的日子徐徐展开。

（选自《上海诗人》，2015 年第 5 期）

温秀丽

温秀丽(1973—　),山西朔州人。著有诗集《只如初见》《长川寄情》等。

静水无痕

当我写下水,一滴露正好从身边的紫薇树叶上滑落下来。

洞箫之上,声音划破的是一些词语的坚硬。

水抱紧水,将白昼和黑夜的距离缩短到一缕檀香的气息里。

水是一个人情绪的修辞,每一滴水里都住着一尊佛,庄严,隐忍,八风吹不动。

当水和水之间的缝隙里藏进繁华,水和万物之间的缝隙藏起卑微和光亮,水就高高在上。

我来不及说出朝阳的耀眼,更来不及汲取一朵微澜让自己沉醉。

路上的萱草,树木以及起伏的山野,都是暂居尘世的旅人。爱了恨了,无非是烟花过后的一场冷寂,迟早会像燃烧的火焰熄灭。

被遗忘是一定的,遗忘的有你,有我,有黑夜和雷电。

水的光阴里长满触角,白天飞翔,夜晚降落。水草和虫鸣是水骨骼之上衍生的呼吸，谁也不用懂谁，它们的身体里布满天空的蔚蓝。

一瓣花朵落在水上，像一叶舟，水不动，它不动。

（选自《诗选刊》，2017 年第 11、12 期合刊）

刘凌军

刘凌军(1974—),笔名刘天翼,山东滕州人。诗歌、散文诗被收入多种选本。

大美黄河

一

母亲把一滴泪,丢在黄土里。

浑浊的泪水化作思念的风,在九百六十万的土地上飞翔。

粒粒黄沙,挥动着亿万颗滚烫的热泪。

颗颗尘埃,携来历史的厚重:聚合。期盼。眺望。

母亲啊!您的身影,浓缩在一滴清澈的水里。绕过九百九十九道湾。

一种奔腾的姿势,游走。

东方,大河的归宿。中国的河流,都向着东方,博大的胸怀,母亲的背影,流去。

大美,挥动着拳头。呐喊。咆哮。

二

一粒米,盛满了乡村。

陶罐，兜起先祖的护身符。虔诚，写满遗址。

水。一滴水，开始在河床缅怀曾经的疼痛；追赶遗失万千瓦片。

是谁，伸举一双龟裂的掌骨；欲望，抱紧久久的幸福？欲说还休啊，欲说还休！

河流。咆哮。一万年，一千年。都是神的驱使，命的祈祷。

跪倒在家的门口，泪水，清澈，或浑浊。哽咽。

三

大风吹灭隔世的一盏马灯，摇晃谁曾经的离绪别愁？

念叨了千万遍，前尘后世，父亲寻找先祖的背影，撒手而去。母亲在河边的青石上，捶打陈年的衣物。河水徒自流着，阳光依旧无语，泪眼凝思远方。

黄河，滔滔。人生，滔滔。岁月，滔滔。

岸边，高粱红了，麦子黄了，棉花开出洁白的棉花。

一缕缕熟悉的炊烟，飘过大河的身影，九曲十八弯。哗啦啦的黄河水，日夜东流。

大河的胃，巨大。九曲回肠。

四

背起羊皮袄，走四方。

忘不掉，熬的小米饭，香又香；炊烟，一缕一缕，绕家乡；船夫的号子，一声一声，念断肠。

白羊肚手巾，系着情哥哥；妹妹西风口望哥哥；远方的人儿呀，你莫忘了黄河的水，一步一步，撵上了咱的前尘。

风吹落日。云游天外。

梦想，在心间盘旋。

五

苍天一粟，至沧海一粟。其间，

汇聚，迂回，不息；凸显坚持，不移，永恒。

日影于怀，月潜于胸。路，在远方之远。

大美至极。大志亘古。

我沿着滚圆的红日，寻觅家的遗址。

萦绕，缠绵，于灯前，依依不舍。

回望。母亲手搭凉棚，立于河岸之上，遥望着长河远去。

家，槐树，日日深入肺部。

咳一声，沉入河部。

六

黄河，一个词。

在中国大地上繁衍，生息。在中国的文字里，翻译生命的密码。

字符的巨浪，妙笔生花。

五千年，是一个词，一句话，还是一篇血泪史？

一卷一卷，浪淘尽万里豪情。

一条大河的身世，破译一个叫中华民族的秘密。

黄河，多么波澜壮阔的一个词语啊！

大写祖国，先祖，历史，文明……丰厚的五谷和五谷的醇香。

黄河，车载斗量的古煌里，飘着生命沉重的章节和诗情洋溢的才华。

横亘洪流，恩泽八荒。

黄河，一个重金属的词汇，拓宽了一个生生不息的民族。

（选自《2015年中国散文诗精选》，长江文艺出版社，2016年版）

堆　雪

堆雪(1974—　),原名王国民,甘肃榆中人,现居新疆。著有诗集《灵魂北上》,散文诗集《风向北吹》《梦中跑过一匹马》。

一路的野花开上了天空

挣不脱被野花簇拥和被众兽拥戴的命运,向上吹鸣的灵魂,一路开上天空。

这是通往长白山的道路。千年的灰烬和碎石之上,花朵还按照火山的方式,向天空喷薄、燃烧。

漫山遍野的火焰,在凝固的岩浆和喧嚣的红尘中探出头颅,献出璀璨的鲜血,把一个个命运的背影,逼上了绝路。

这是一个行者的幸福。一条,孤独成一首长诗的天路,成了我走向苍穹和云朵的行间距。深渊里,不时回荡着我攀爬时的歌唱和喘息。

在几乎垂直着盘旋而上的道路上独行,有百兽号啕拥戴,有野花夹道欢迎,我不问,长白山顶有没有招展灵魂的风。

一路的野花开上了天空。

在长白山顶,我不问来世,只把酒临风。

关于人类,关于幸福,关于睡眠和死生,那是一个诗人身后的事情。

睡在悬崖上的一片雪

壁立千仞，你却睡在一朵最危险的云上。

和一只鹰相似，你怀念那些展翅高处的日子。

在中国的东北，缓缓滑翔。

你在长白山的黑夜里走了很久，现在才感到她急促的心跳。

一面悬崖，壁立千仞，仿佛孤独和决裂的象征。

一只鹰，在那里歇过脚，它的爪子上还留着冬天的雪泥。另一只鹰，掠过你的头顶时，翅膀在折断时洒下血迹。

巉岩裸露，云雾缠绕，它承受过狼群林涛般的咆哮。

黎明吐白，旭日喷薄。长白山的额角，几朵乌云缓缓飘过。

而此刻，一个人睡在了这块悬崖上。

他的身体，一半附着岩石，一半悬在半空。

他闭上双眼，身体和灵魂轻得像一片没有翅膀的风。

耳畔，是长白山松涛的奔腾喧哗。身下，是藤蔓间长臂猿的垂死挣扎。

一个来自大西北的诗人，为什么要睡上长白山的悬崖？

一只鹰，在悬崖上兀立很久，却突然振翅飞走。

带刀的北风告诉它：冬天即刻抵临。

（选自《散文诗世界》，2010 年第 5 期）

朱成玉

朱成玉（1974— ），黑龙江七台河人。著有散文集《朱成玉最美散文集：爱一朵花陪它盛开》《落叶是冬天的请柬》等。

鸟是上帝的客人

一

冬天，瑟瑟发抖的乌鸦，披着厚厚的雪，从一棵树到另一棵树，拣尽寒枝不肯栖。

它让我想起母亲，想起一段衰老的时光。因为劝诫，它的声音沙哑；因为寻找，它的眼睛比黑夜更黑。

陪我走过很多路的乌鸦，就这样渐渐瘦了，像一滴墨汁，正被无边无际的雪悄悄吸干。

二

一个早晨，我的一只蓝色的鸽子死了，僵硬的尸体在房檐上凝成一尊小小的雕像。中午的阳光将它头顶的雪一点点地融化，流过它忧伤的眼睛，流过它精致的喙，仿佛哭泣时的眼泪。

鸽子死了,目光仍紧紧地咬住天空不放。

我一生都不曾丢弃对这只鸽子的怀念,它的翅膀曾亮开自由的歌声,让一个少年在忧郁的黄昏因为听见鸽哨而写下他的第一首诗。

三

终于,它来了,衔着春的袖口,逼迫严寒让路。终于,它来了,一把锋利的剪刀,剪断最后一根与冬天有关的脐带,让我们诞生。

燕子挺着骄傲的胸脯,闪着墨绿色的光彩,无所顾忌地穿过我的房间,我感觉幸福在蹑手蹑脚地轻叩我的房门。

燕子越飞越低,越飞越靠近人心,它告诉我:故乡已是春暖花开。

四

麻雀是夏天里最平凡的一群饶舌的婆娘。

它们三五成群,为一地鸡毛的琐事在一棵大树上聚会,又为一些小小的谣言一哄而散。它们从不迁徙,死心塌地地守着家,不停地往巢里铺垫柔软的草和快乐的阳光。我轻轻地关上窗子,不去惊扰它们拾掇自己的家,房顶上的炊烟笔直笔直的,我听见了它们快乐的争吵。

比起其他的鸟,麻雀更多的时间是蹲在地上,仔仔细细地拣拾着生活。

那棵树上一共有多少只麻雀?我在日光下快乐地数着,数着数着，就把自己也数了进去。

五

到了夜晚，便听见了杜鹃的哀啼。

杜鹃栖在夜的胸脯上，用血清洗着一盏盏黎明的酒杯。在太阳变冷的山脚，在月亮扎根的地方，杜鹃绽放的哀鸣，让夜加快了焚烧。

让风吹过来吧，在黎明前，让我咽下所有的黑暗，只为那黑暗中，有杜鹃如泣如诉的相思。

六

那天，我抓到了一只很普通的鸟，老人们告诉我，那是喜鹊。抓到喜鹊，就是抓到喜了。有人劝我用笼子把喜气留住，我却将它放掉了，因为在我的手里，它是黑色的，而放到天空，它才是彩色的，斑斓的——鸟是上帝的客人。

七

秋天，我看见一排排大雁，把悠悠的曲调一路唱到天堂。

身后的家乡只剩下明灭的灯，父亲的手被秋风撇下，幸福的门框在我渐远的目光里摇晃。

雁，看我们谁逃离得更快？谁又在回家的路上最先掉下眼泪？

（选自《散文诗》，2006 年第 6 期）

何　文

何文(1974—　),笔名瑕面、恋春,四川天全人。著有诗集《血液里的火》。

雨后彩虹,通向天穹的门

晴空。蓝天。云朵。雪山。青草。牦牛。此刻,除了那一朵云,没人知道会有一场雨。

没有牧人。牦牛专注地啃食青草。它们眼里,除了草,再没有值得关注的东西。

以牦牛为背景,摆出各种姿势留影的我们,融不进这草原。只是观光的游客,从草原上匆匆经过。

雨,突然就落下来。猝不及防的我们,被雨淋得浑身湿透,狼狈不堪。纷纷抱怨。

正下着的雨,又突然停歇。停住便又是晴空。云朵仍然缀在蓝天上。除草叶上还未滴落的水珠,再找不到雨的痕迹。

雨后,整个草原上只有青草。牦牛在下雨时消逝。

只在草地上找到牦牛的蹄印。蓄满了汇积起来的雨水,从天上来的水。

水清澈无比。蹄形的水面,映照着蓝天,白云。一个个蹄形的天空缀在草地。

想,这真的是牦牛刚刚在大地上留下的蹄印吗?它们与刚才那场雨一样，也是从天上来，被这蹄印泄露天机？

步步蓝天白云，它们去了哪里？向蹄印的方向望去，翻过山岗，消失在山岗后。在山岗后面，这时升起一道七色彩虹。

那是通往天穹的门？牦牛已返回天上？

我叩问这碧天下的草地。

只想做一只草原蝴蝶

草原花期很短。

花已开成海。我不能再等。

做一只草原蝴蝶，这是我唯一的祈祷。

我只在乎花朵的形状与色彩。只在乎这遍地的美丽。

是不是香味浓郁，是不是花蜜丰富，这不是我的事。蜜蜂怎么想，那是它的事。况且，我如何忍心将锋利的针刺入那美丽，又如何忍心掠那甜蜜。

我只轻柔地亲吻，我只不息地舞蹈。我无声地赞美，悄悄地爱慕。我飞，我舞，我将看遍草原所有盛开的花朵，将一朵美分享给下一朵美。

草原花期很短。我的生命也很短啊，没有了花，生命还有什么意思。能与花朵一起凋谢，这是我的幸福。

来年，草原的花还将开放。花旁，必会有彩蝶蹁跹，那是我轮回的魂。

草原花期很短。现在，花开正当时。现在，我只想做一只蝴蝶。在此刻，我有满眼美丽。

（选自《散文诗世界》，2012 年第 11 期）

李　萍

李萍（1975—　），笔名冷子，甘肃临夏人。著有散文诗集《沿着风来的方向》等。

风领着我穿过河西走廊

一

风呢喃着歌词还是诗句，我一句也没有听清。

因为就像堆雪说的，风吹着风。

狂野的眼神，狂野的注视，狂野的时光，在时空交错的走廊，属于我的那条暗河，如此奔涌，又如此安静。

我的思绪叩响光阴的窗棂，触摸几千年的风霜雨雪，十万个漫漫长夜，一点也不多余的素材，丰满我空白的诗行。

我开始张望，我的思绪开始游离，我也开始想念。

二

我走的时候，老家的新麦已经入了磨坊，可是窗外晚熟的青稞，躺倒在大地的臂弯里，念念不忘一个铜奔马横空出世的地方，一个叫作汉朝的统治者，一手缔造了仪仗队的雄浑。

大片大片迷惑了眼神的金黄，搅和了眼神的迷离。麦子？青稞？那略带暗绿清凌凌的黄，明媚出晚霞一丝的殇，绿着，晃着，一晃一个季节。那贴身的衣装，纠正我的断言。玉米，玉米，就是那宛如青海湖边的油菜花一样明媚靓丽的画面，是玉米。

一截一截不知哪年的城墙，用残垣断壁，描述了曾经烽烟四起的历史。

走出去。挤进来。一截土墙，绵延了驼队歇息的旅程。

绿镀身的铜器，一路风尘，涌向甘肃省博物馆的展厅里，只留下雷台 30 多件信物，固守在标有中国旅游的一个公园，接受南来北往游客的膜拜。

我的灵魂藏匿期间，羞怯地站在一角原始瓷器的釉彩盉，各自用独一无二，告诉世人，那个空间，它们占用一个“最”字。

从重见天日那天起，深刻地被泅渡的季节。

我的抵达，我的离去，没有惊扰一个安静的午后，多看几眼，而后告诫自己，瓷器面世的那年，虽为陶身，虽是一把黄土沾了水的故事，但它们的记忆已经风烛残年，它们已经被叫作“釉”的衣装裹身。

三

风电车，呼啦啦地，扯出一个又一个圈，不快不慢，不急不忙，在干巴巴的地方，做着时间的歌者。

那如我臂膀的叶片，像三叶草一般地盛开，而后迎风说话，讲故事。我分明听见卫青，听见霍去病，虽是摇下车窗玻璃后的短暂对话，但千年前的两个汉子，诠释了一切。

一辆辆载着风车之翅的车，从想念的路口，从记忆的身旁走开，有点慢腾腾。一个车厢仅供两只翅膀的车，贴地飞翔，学着风车的样子，试图划开一个有点光亮的傍晚。

日子过成荒漠的风，任意游走，成就了诗歌，还有一个晃疼记忆的西画。

浓墨重彩的几笔，就差那么一笔，成世上的绝唱。

雨来的时候，一棵胡杨，恰好用一抹金色与我永别。

四

我的不算长的发丝，掠过凉州和肃州的目光。还有瓜州的惊愕。多年前的画面里，我的独行，像一本线装书一样，成为我儿子的显摆，当然，还有那些零星的文字，箭镞一样击中过某个人的心房。

因为遇见，注定的明亮，变得含蓄起来。

一个个感动，没有老态龙钟，估计只是覆盖了万千的遇见。

恰好此刻，你的抵达，暗合了我久违的心境。一杯咖啡氤氲的醇香里，再度翻开你的诗集，一遍又一遍，沉吟在你的江山，听着风沙相互温暖的话语，看着暗淡光影下空旷凸显的冷清，记忆的王国，开始摇曳千山万水。

此刻，被季节遗落的一些花儿，盛开了。

有时候，所有的文字都显得愁肠百结，哪怕再冷漠的词语，都在瞬间有了温情。

想必，此刻我在梦中。

五

我虔诚的寂寞的雪山，我看得见的雪峰，与我的旅途和文字一样，孤独只是陌生的未知数。

我似乎捕捉到了我的青春，在一地金黄的雏菊丛中，你的笑靥如花。我的目光扯出的百朵千朵万朵，居然扯出了一个明媚的你。

风又来，拽着午间的热情，令我突然变得安静。直至在老乡家后院的葡萄架下，我醉了。

风花白了我的行囊，越过尘烟的粉墙，在我按下快门的那刻，一只狗儿对着我吠叫的声音，有着乡愁。

一些人，一些景，一些物，开启相思模式，用唐突描写了生存。

夜里，我居然在所有的光中，看到了对影成四人。我，与三个影，一高一低，一前一后，一左一右，一大一小。还有诗歌，也摇出一对夜光杯。

我用意念冲泡了一杯前世的咖啡，用来怀念我的河西走廊。

于是，我不顾一切，穿行，向西再向西。

于是，我拽着风的衣袖，甩甩手，虽然有些骨质疏松，却像酷爱咖啡一样，写诗上瘾了……

（选自《星星·散文诗》，2017 年第 1 期）

宓　月

宓月（1976—　），浙江绍兴人。著有散文诗集《夜雨潇潇》《人在他乡》《明天的背后》等。

珠穆朗玛，太阳的骄子

从遥远的海边，我走向你；

怀着朝圣般的虔诚，我靠近你。

珠穆朗玛，深海里站起来的女神，你屹立在世界最高处，不是为了第一，只为缩短与太阳的距离。

亿万个默默无闻的日子，无法消退你的情；亿万个寒冷与孤寂的日子，无法摧毁你的爱。为了心中的太阳，纵然云遮雾锁，高处不胜寒，也从不放弃生长。

让皑皑冰雪，尘封你火一般燃烧的激情。在离太阳最近的地方，经受最冷酷的考验。

珠穆朗玛，你是太阳最虔诚的圣徒。也许，你从不曾想去争第一，是你的执着赐予了你无上的荣光。

就像那个一路遍插唐柳而来的女子，只是因为爱那个剽悍的顶天立地的伟男子，而把自己献给了这片土地。她并不想永恒，可人们把她永远地留在了布达拉宫，留在了大昭寺，供奉成了神。

山，到达一定高度，已不仅仅是一座山；人，悟入一定境界，已不单单是一个人。

当太阳之手轻抚过你的头顶。珠穆朗玛,便是戴着皇冠的新娘。万种风情,演绎着生命的至境。你的美,让空气变得纯净、透明。被你的光芒折射的土地,都浸染着神的庄严与肃穆。

风中飘扬的五彩经幡,在祈求什么?路口的玛尼石堆,在暗示什么?那不停转动的经轮,在祷告什么?那三步一磕,用身长丈量道路的旅人,又将走向哪里?

天是如此高远,又如此亲近。

神鹰啊,你将会把芸芸众生带到一个怎样的高度?一切自然法则,在你的眼中,是那么真实,又是那么简单,那么朴素。

珠穆朗玛,你不仅创造了自己的奇迹,给生命矗立了一个禁区,也创造了一个勇敢的民族。他们像你一样热爱太阳,像你一样纯真执着,像你一样充满着谜团和诱惑。人与自然,在世界屋脊,在远离工业污染的地方,达到了和谐共处。

珠穆朗玛,你诠释的,何止是世界第一的高度,更是生命的最高境界。

靠近你,香巴拉已不再遥远。

那些千里迢迢奔向你的人,那些想以你来丈量自己高度的人,有多少人望而却步,最终悻悻而归?又有多少人能真正登临你的巅峰?

阳光下的珠穆朗玛,是一面金光闪烁的日月宝镜。让勇者更勇,让掠夺者退却,让卑微和怯懦显形,让我们灵魂深处的阴暗无处可藏。

珠穆朗玛,你是一座矗立在我心上的永远的高峰,除了敬畏和虔诚,我再也找不出合适的词语。面对你,我只有做一个朝圣者,永远在路上,也许只要信念不灭,终点并不重要……

(选自《散文诗》,2007 年第 5 期)

雨倾城

雨倾城(1976—),原名袁秀杰,河北唐山人。散文诗被收入多种选本。

这是谁的河流

从前世到今生。这是谁的河流？这是谁的古老的爱情,最好的水？这是谁的,远道而来的连绵不绝？

摁住胸膛,羁留于此。

留下,我就是澎湃,留下,我也是宽敞。

一个人走着,她是一滴水。

一个人离开,她没有太多的伤口。

涨水的河床,抓一把树叶,摊开自己。水上生红日。

梦里。有我不愿落下的樱花,还有世外的村庄,一波一波遭遇的往事,从未到来的赤裸的真实。

一条时间的河流。

岸草摇晃。

长大的小鸟,只与青山语,只与白云语。

风在风中，水在水上。

我不说出爱。我在它们中间随意行走，带着自由的灵魂。怎么走，都叫命运；怎么走，也没人认出我。

到开阔里去

水随天去。麦田正黄。

它低低地流，静静地流，往返古今。收集岁月，心意，转折，甜蜜，荣枯，岸边孩子新鲜的脚印，以及不眠之夜，深深疼痛深深誓言。

它感觉孤独，轻轻崩溃，被绝望的深渊逼至绝处，但不说。

它记得“日之夕矣，羊牛下来”。

它与岸边赤脚洗衣的姑娘胡作非为，并交换生死。有时夜半，追赶中原奔跑的雨；有时痴迷于黄昏，看走远的人，不回头。

桃花几重。同行稀疏。

所到之处，不知是何年。

疑虑。忧伤。愤懑。必须释怀，奔跑，呼啸；必须放下眼泪，到开阔里去；必须遂我心愿，到更远更深处，长成一片汪洋。

就那么流淌。从天边来，到天边去。

浩浩天地，只余一脉古今。它是无数真心期待的眼前，它是无数波涛深爱的集合。

（选自《诗潮》，2017 年第 11 期）

成绪尔聃

成绪尔聃（1976— ），四川阿坝人。著有诗集《九寨雨黄龙雪》《羌红飘起来》，长篇小说《银雪骁骑》《羌红依旧》等。

曲谷，部落抖擞的翅膀

阳光，沟谷。如丝，如弦。

夯歌漫透的河谷，那氤氲的气息悠悠远远。

我在曲谷仰望，能否插上部落抖擞的翅膀？

河东之顶，羊皮鼓铿锵的鼓点，骤然间飞出色尔窝的胸膛，玉瓦格雪峰裸露坦然，依旧不失男性的阳刚；河西之巅，西湖寨“瓦尔渥足”美丽的神话，在卓尔、曲尔、窝多、罗窝山寨歌的栅栏中深情游弋，醉卧夕阳；月儿山麓，清晰柔情的月光，让女子光洁的胴体，充盈激荡出的天籁之音，成为部落最为经典的绝唱。

浮一路鸟鸣啁啾，浮一路明媚阳光，我的信念和理想一路向上。

让灵魂在山鸣水啸中出窍，让灵感在莎郎踢踏中迸发，让胸臆在情歌缠绵中悱恻，让诗意在咂酒飘香中放荡。

用心灵抵达部落最初的原始旷达，为我插上部落抖擞的翅膀。

雅都，石头垒叠的经卷

雅都，一个听起来温文尔雅、极富诗意的美称，源于“成都不大，雅都不小”的历史掌故。而它确确实实是一座质朴村庄的名字。

——相反，在我眼中分明却是部落腹地一部石头垒叠的经卷。

在通往拉马义当、尔尔若斯多神坛的路上，那几个总是带“赤”字与生命之搏有关的村寨，那几条总是充满遐想与梦幻的沟壑，那几座诠释部落宿命的雪山梁子，交织为多声部、铠甲舞、莎拉、萏西、锅庄、旋子、羌笛、口弦合奏的交响，让那生生不息的火把，在历史的沉重步履中，引领你直上俄口拉洼、若都额基，然后绕过嘻嘻哈哈的山寨，去倾听一部风情万种的石音。

且如此生生不灭、千年轮回。

桑烟之上，部落羌笛的喜怒哀怨，豁然间为我们洞开着生命的石门，筇笼旁熊熊的火焰燃放了一夜的酒歌，温暖的情话灿烂开放，星光之下，让我们展读石音流淌的经卷，犹如抚摸到了雅都的魂。

（选自《散文诗》，2007 年第 6 期）

转　角

转角(1976—　),原名王玉芳,黑龙江绥化人。著有散文诗集《荆棘鸟》。

布达拉宫

于是,跋涉万里,我步入布达拉宫。

这富足的,累赘的白羊驮起的人类文明。这可怕的高不可攀的陡坡,继续,向上——

我惊悚我的到来!

深处,黑暗和慰藉的金子佛像,珍珠玛瑙佛像,宝石丝线点缀的佛像,恍惚间匍匐 N 个世纪的教众……

这灵魂的恸哭向下找寻目标,这被双重点化的紧缚的贫穷与沧桑,这富饶的唐卡测绘出亿万颗谦和慈悲的内心……

还有像我一样的,无数东方北方异教徒对超能量的震撼。

事实上,我借用了一次你:这智慧、善良的统治者。

在最寂静的黎明时刻你允许我爬到药王山,当黑暗落在草叶上、露珠上,你允许我虔诚跪拜并枯守太阳的东升西落,而你又一次被加持,你引导我一步步踏入六道轮回的险境……

歌声袅袅传来，那抑扬顿挫的唱词伴着酥油灯的明灭震醒太阳，而艰难的路早已朝向最边远的无人区。而一应教众不畏艰险，用无数等身长头来丈量自己的来世，今生和前尘的罪孽。而我知道，三生三界早已疏远了无数人的信仰。

圆满，就在此刻?!

我必须矫正我到来的幻影！

在神的左右，言语既是一场风暴。亲临空无，我发觉我依然孑然一人，我依旧吝啬地独自在布达拉宫的侧门里隐瞒真相。但，为了什么呢?

我不得而知——

得到一切，终将失去一切。我知道匍匐向上，洞口将继续绵延我永恒的黑暗。而我从来低声慢步，俯首巉岩危卵之间却无法藏起我的悲悯之心。我依旧蹲坐在原来的老地方……

苟活着。

（选自《酉水》，2017 年第 6 期）

山　珍

山珍(1976—　),湖南新化人,原名罗尧清。

梅山茶韵(节选)

一

正月采茶是新年,背起粪肥进茶园。雪花卷得北风起,吹落眼泪滴腮边。

除夕夜的炭火,还未完全温暖妹妹的手脚,便蜷缩在火塘里,等待天明。

爆竹的纸屑,黎明时分钻进格子窗,隐隐滋生着新年的气象。

此刻,妹妹用目光抚摸着夫君的脸庞,她要为即将出门打工的夫君擦亮春天。寂寞的旅途上,爱情始终是最甜美的清泉和食粮。

跟夫君一样,还没来得及好好歇息的妹妹,又要背起粪肥走向茶园。茶园里生长着她的梦想。

妹妹把着方向,在吃力地行进中,用激情,书写着春天。

健步如飞的妹妹,当她不经意回首时,心中清凌凌的离愁和思念,不禁夺眶而出。

三

三月采茶是清明，摘罢茶来绣手巾。右边绣起采茶女，左边绣起作田人。

当祖先的坟茔上扬起一挂挂纸钱，节气便已停靠在三月的家乡。

阳光开始为茶树补钙，嫩黄茶芽在茶树上靓丽着青春。妹妹在茶园里穿来穿去，闪电般的身子把过往的清风撞得踉踉跄跄，又将鸟雀的歌声搅得七零八落。

妹妹在忙碌中精彩自己的生活，在忙碌中麻醉自己的情感。她拥有属于自己的相思，同样拥有属于自己的孤苦。

有爱情相随，再单薄的躯体也不会寒冷；有爱情照耀，再黑暗的角落也不会凄凉；有爱情滋润，再焦渴的心田也不会龟裂。

不管是平畴沃野，还是硗地瘠壤，爱之树都根深叶茂，花果飘香。

清贫的妹妹，因为拥有美好的爱情，日子过得郁郁葱葱。

五

五月采茶是端阳，龙船锣鼓下资江。二十四个划船手，船头站的是情郎。

一个转身，艾蒿和长门草已爬上门楣，粽子和雄黄酒已坐上餐桌。诗人的沉吟，又在江畔回旋。那一章章璀璨的楚辞，在水草上，熠熠生辉。

脚步无法抵达的世界，诗人用想象抵达；身体无法穿越的障碍，诗人用文字穿越；生命无法永恒的境界，诗人用灵魂永恒。

与汨罗江遥相呼应的资江，千百年来在梅山地带延伸着屈原的品质和气概。喝资江水长大的梅山子民，脉管里同样奔腾着屈原的血液和基因。

每年端午节，梅山男人都会擂响牛皮大鼓，用龙船在资江上犁出一道道缅怀与悲壮。船头雷鸣般的鼓点，总是在快慢有致的节奏中舞动力量和气势，舞动刚毅和执着。

家与国的强音，理应由男人的意志敲响；家与国的坦途，理应由男人的壮志铺就；家与国的高峰，理应由男人的头颅耸立。

船头那个擂鼓的汉子哟，就是妹妹日思夜想的夫君。她撂下装茶的背篓，狂奔到江边，任眼眶里潮涌漫天。

（选自《散文诗》）

沈风国

沈风国（1977— ），笔名大风、鲸歌，山东日照人。散文诗被收入多种选本。

额济纳河

大漠无边，每一粒沙子都在喊渴。那些残喘的胡杨、梭梭，那些濒危的红柳、沙枣，正承受着又一个夜晚的折磨。

额济纳河，请用你清澈的流水，喂养这日益萎缩的绿洲。

沙暴送来灰黄的噩梦。哈日浩特，死亡的古城只有过往的风。那轮月，那轮大汉王朝的明月，依旧在头顶朗朗照耀。城堡静寂，空无一人。是谁在这月夜里独坐，对月浩叹？

大夜漫长，月色无边。

额济纳河，你的水是血液，水的源头是雪。雪线逐年抬高，你造血的骨髓正在生病。

我该怎样为你而痛惜？站在你的身边，我舍不得咽下一口水。

马骨形的柘树

它黑洞洞的眼眶，注视着一场又一场的大风，它血脉一样的筋骨，刻满沙暴雕琢的痛楚。

这是一个巨大的悲剧。一株翠绿的胡杨树，变成了一具马的枯骨，被遗弃在大漠深处。它高昂着干裂的头颅，以一种倔强的姿态，期待着一场雨。然而，雨在哪里？

其实，你永远都是一株渴死的胡杨树，孤守着浩浩大漠，回想着萋萋绿洲。

哈日浩特，面对你，我痛恨每一粒沙子。

夜晚还没有到来，你就睡了，只有那几个孤独的塔尖在证明着什么。

我的思想里从来不缺水，站在你的叹息里，我成为一条鱼，搁浅在沙漠。

你一定还记得那些远去的绿色。那时，人是远方的来客，后来，就成了主人，你的名字被无休止地掠夺。

黄沙湮没的丝路古城，那株站立的枯树在长风中沉默，它在想些什么？

（选自《散文诗》，2004 年第 1 期）

苏启平

苏启平(1977—)，湖南浏阳人。著有散文诗集《回不去的故乡》《阁楼上的樵歌》《浏阳河畔的乡愁》等。

南岳祈福

脚踏上大地，心早已跪拜在山中的神佛脚下。

来了，回去；又来了，又回去。一座山，一个道场，充盈着世人的无奈与期盼。

松柏，用苍劲的身躯昭示庙宇般的古朴，庄严肃穆。

如织的香客点缀陡峭的山道，仿佛穿越来世，倏忽间投胎今生。

祝融峰上，满山的神佛早已习惯不歇息的香火、鞭炮。

在众人的颂扬中布施恩惠。

一种气场罩住自己的喜乐哀愁。

于是，我和神交往，用世人不懂的咒语与缥缈的烟雾。

世界比任何时候来得干净，宛如一朵莲花盛开在古老的庙宇。

石头张开双臂，让自己的身子承载寿岳的重量。

有一种生命，长生不老。譬如神，佛，石头，人类。

我站在自己生命的节点，悠然静坐。邀远处的青山，一起看日出日落。

斑驳的树影，是我沧桑的心境，等待夜晚温柔的月光。

泰山观日

玉皇顶上。

谁在盘古的头颅倾听文化的呼吸。谁在洁白的岩石踮脚看苍茫旷野。谁披着龙袍做了封禅的主角。

人间所有的福祉，沿着沧桑的山体，流向整个中华大地。

风吹起，泰山越发镇定。

你如神佛，屹立在大地。齐鲁万里平原，只是一个衬托。

会当凌绝顶，一览众山小。杜甫把所有人的慨叹汇聚成诗，任凭每一个游人吟唱。

曲阜的书卷，在你的前面铺开。阳光有了嫉妒，你的智慧与天同老。

你畅饮清泉，纤尘不染。每一块碑刻有了自己的理想，所有的碑文，深深地勒进了中华巨人的肌肤。

你是天，十八盘甬道经过谁的家门，去了你的南天门。

初雪掩盖岩石的苍老，呼唤阳光的温度。

我屹立在高高的顶峰，身子像树木一样挺拔，远处是旭日东升的美景。

华山谒险

唯有你的险峻，才能般配黄河的咆哮。

于是，坦荡的渭河平原没有了恐惧。

何时开始，花岗岩蠢蠢欲动。你被坚硬的岩石堆砌成一座丰碑，苍松是你的铭文。

一只鸟飞过山峰，只为了读懂你的沧桑。

大地没有忧郁，前面是朗朗乾坤。

五座山峰伸直成五个手指，翻转放下，便是莲花。

石是刚，云是柔，在晨曦里，华山刚柔并济，千姿百态。

沿着你的沟壑，我看到了风雨与你相斗失败后沮丧的神情。

长空栈道如带，系着游客颤颤的心。

谁施钩搭梯让石壁有了生命，承载一个民族的追求。

夜幕里，落雁峰上的大雁羽翼轻展，唯恐惊扰了天上的星辰。

沉香救母的故事，随同山间道观的余香缭绕，飞入了人间。

山下定决心：壁立千仞，无欲则刚。

（选自《海峡诗人》，2014 年夏季刊）

陈劲松

陈劲松(1977—),原名陈敬松,祖籍安徽砀山,现居青海格尔木。著有诗集《白纸上的风景》《风总吹向远方》《藏地短札》等。

在察尔汗盐湖

盐与盐在交谈,
它们的交谈中出现叵测的坏天气。
盐与盐在交谈,
话语隐秘如梦境:
太阳灼热,
只有它的手指可以找出我们!

风在搬动不明真相的云朵,
一滴雨水张开潮湿的耳朵。

盐与盐在交谈。
在一滴雨水到来之前,盐的声音更低。
只有那群汗水咸涩的人能听见。
只有安静的察尔汗可以听见,

只有此时的察尔汗!

在天峻

大雨泼下浓重的夜色,

最纯粹的宁静滴落下来……

小城伏在草原的膝下,恬美地睡去。

谁也无法叫醒一株被雨水抱紧的小草。呓语般的风走走停停,它轻手轻脚地穿过那个牧人的梦。

停电了,恍惚的烛光把小城摇成另一株雨中的小草。

隐隐传来的几声狗叫,加深了这个雨夜里俗世的苍凉。

此刻,在天峻,小城的宁静就是整个草原的宁静,而那个失眠的旅人,他的孤独就是整个草原的孤独。

如果他在薄薄的睡梦中回到了故乡,那么,他的幸福就是整个人类的幸福!

格尔木

一切都只是路过:

流水、风,那些被大风搬动的石头,那些野花寂寞的红,还有那些被生活搬动的身影……

远处的雪山,它们的秘密正被黑色的鹰们一点点翻动。

格尔木。

我栖身的西部小城,在那个叫康泰花园的小区里,我脆薄的心事正一次次被梦境和诗歌翻动。

面前的书桌上,亿万年前的那尾红鱼仍在石头里飞翔……

格尔木:一切都只是路过。

(选自《散文诗》上半月刊,2010 年第 1 期)

黑　马

黑马(1977—　),原名马亭华,江苏沛县人。著有诗集《苏北记》《寻隐者》《乡土辞典》等。

九里山

九里山上,汉风楚韵,被一曲大风歌唱到了历史的天空。

残阳如血,引燃九里山火红的石壁,多少金戈铁马,唯徐州马首是瞻,此乃“兵家必争之地”,滚滚黄河水诉说着它的风云汹涌。

芳草几度轮回,燕子楼落花早已流逝,白云洞总是如此深邃,唯有九里山麓不改英雄气魄。

这里曾经万马奔腾,这里曾经埋伏多少棋子和狼烟,黄沙覆地,战旗猎猎。

风吹不灭、火烧不熄的英雄,镌刻在岩石上的书法残留彤红的烈焰,一座山林在歌唱四面楚歌。那个曾经把乡音吹奏成了利刃的帅才,那个用战旗磨出石坑的猛士,内心的涟漪又起波澜。

苍茫九里山,江山依旧在。飒飒的青草还是不是当年的箭镞,低回的呜咽还是不是战马的涛声,惊飞的信鸽早已啼破了喧器的战鼓!

松涛阵阵,一场旧梦终归于浩浩烟云。

北风搬走梦境,故土辽阔,我把脚步放慢,放轻,不敢惊动先人。

夕阳西沉,九里山下,波澜跌宕出一幅恢宏的历史长卷。

大风歌

汉风流韵,落日熔金。

从大风起兮的背影中,从泗水亭到歌风台,从楚河到汉界,我捕捉到了历史浩荡烟云和大汉刘邦的万丈豪情。

古老的时光在大地上起伏,那些登高的梦境、龙飞的翅膀,以及兵戈铁马踏平了的光辉岁月,在沛公的石雕上,开着幸福的花儿。

这茫茫小沛之中,做一个汉风的子民是有福的。

大风,从西汉的册页中吹来了辽阔!

像无数浪花抓住大海的心跳,那些冉冉的篝火和黎明,那些铿锵的战车碾过暮色大地时的浩浩声响。

前世的星空下,大风还在以秋天的名义横扫中原,以强劲的汉风擂响胜利的战鼓,风尘仆仆的将士们像一群赶海的人。我再一次低头捧起海水,像一只忧伤的麋鹿,锋利,内敛。

红缨和兵刃还俯在我的手中,成一双欲飞的翅膀,蓑衣和弓箭还在背上滴着水,我抬头恍惚看见了西汉的繁华,夜幕中燃起了万千灯火。

泥土作坝，轻轻地吹着一个人，一直把他吹进《史记》。在黄河故道边，那高高举起的酒觞，永远属于全人类。

沛县啊沛县！我汉风流韵的故乡，请以沛公的名义，撼动千里金黄的麦地，撼动四方丰饶疆土，一朝步入画廊，恍若梦回千年。

在《大风歌》这首大诗中，在黄河故道边，我听见了古老的黄河还在耳边咆哮！

（选自《大风》，2016 年第 1 期）

杨延平

杨延平(1979—),甘肃卓尼人。诗歌、散文诗被收入多种选本。

卓 尼

我还想说卓尼,在这个五味杂陈的黄昏。金币一样的落叶敲打着禅定寺红墙、僧舍,敲打着十月的风,敲打着似水流年。三格毛,禅定寺,洮河水,大峪沟,无比真切生动,又无比缥缈虚幻。

想不起一块石头,能建起你的家园?有了经文之后,就是一生铭记的誓言?打马而过草原的意境很美很幸福,帐篷前的牧羊犬千百年来一如既往守望家园。

某日,盛开在蓝天的鹰,回到角受伤的岩石上叹息,风如刀削砍着翅膀——季节刚到初冬:扎尕梁、沙冒沟、大噶坪长满枯草和惆怅,茫茫的垂穗披肩草白得发亮,白得纯粹,白得没有一丝尘埃。

那些格桑花魂抱团取暖,在西伯利亚的寒流里幻化成雪,不经意间降落在我的草稿上托梦给我——

那一夜,仿佛有雪,前世的我,在偷学仓央嘉措情歌;那一夜,寺院的活佛依旧在做功课；也是那一夜，女仆梦见土司老爷独自外出，走进茫茫无际的夜；那一夜，卓尼的月光下洮河水在呜咽而平静地流过，这个声音你听不懂。

转经人

冬日清晨，洮水渐渐回落，云影清澈，风很锋利。鱼和石头漫步于时间之外，安逸恬静。古旧的雅当寺石墙方正坚挺，冰冷如铁。枯草根抱紧石墙，石墙之上，谁的信仰坐落？绕白塔的转经人目光安逸，步伐不缓不急，始终如一，被时光遗忘的转经人目光抵达佛塔的金顶，金顶上空，天空很蓝很蓝，经桶转山转水转前尘后世，和他的生命一起转动，和时光一起转动。嗡嘛呢叭咪吽——

我不知道他从何而来？又到何处去？何时将离开？他手中的嘛呢不停转动，生命和信仰在他手中不止地轮回。

洁白的佛塔上雪花飞翔飘落，转经人还在用双脚丈量佛国与俗世的距离……

古　柏

洮河岸向阳处，有一棵古柏：无语静立，独自葱茏。记忆涉水而来的日子里，我与你相依相偎。因你的家人已遇害多年，化为尘埃。你活着时，我真是一位红衣僧人，如一片云，飘荡于季节之外，往事如曾经的温存，转瞬即逝。——我双手合十，依稀看到一排排柏树倒在血腥的板斧下，你的家人那么的淡定从容，没有一丝恐惧，只有松脂如泪般的晶莹透明。那些死去的柏树魂魄，无家可归，在河水里游荡。

那一天，在仓央嘉措的情歌里，我沐一身朝霞等你，说好我们要在河水结冰时相会，可渡口行人匆匆，只有你孤独的影子和苍老的容颜。

——我只能独守发黄的回忆。

（选自《散文诗世界》，2016 年第 11 期）

陈德根

陈德根(1979—),贵州平塘人,现居浙江慈溪。著有散文诗集《高原回声》,诗集《家族简史》等。

雨水像一个人的叙述

我腋下夹着旧雨伞,走在昏暗的巷子里就像走在旧时的街头。

那些乌云,还在修补天空的瓦片。

我不停换乘公交车,跟在陌生人身后,像一个执意要将自己走失的人。

每一个路口都像一个被路人用袖口不停擦拭的锁孔,被雨水的钥匙捅着,捅着……

那些站名,像过往的事物,一边正在被我熟记,一边很快被我遗忘。

那些雨伞,仿佛被时间举着,匆忙的人群,像落在地上的水珠:冷,而且硬。

湿漉漉的天空,像祖父的老怀表,纤细的秒针,紧紧地咬着一团时间。

而那些像我一样，麻木地将雨伞夹在腋下的人，在日常生活里，走进去，走出来。

宁　波

燕子赶的马车，还在“嘟嘟嘟”地摁着喇叭。

邻家的姐姐，她扭动修长的身子，学树梢上一只青鸟，在跳舞。

心里太苦了，青色的胆汁泡着一个青色的字。

我轻声地喊：宁波，宁波……一艘瘦瘦的船，对着她，划动桨板。

她还看到历史，像一尾褐色的鱼缓缓向她游来。掩面，那个过桥的人认出了另一个人，碰响了他腰间，纯铜打造的钥匙。

我侧身而坐，努力使自己看起来像一孔新修的桥洞。心中多么空虚。

宁波，海上驶来了我前世的船。那匹猎猎的帆在太阳里。

一五一十地，数着我的草木般的骨骼。

宁波，像那只青鸟，在跳舞。燕子赶的马车驮来了大海疲惫的影子和一大群有着浅浅的笑容的水禽。

水　岸

日暮时分，她在院子里，用瓦片焙着民间的药引子。

疾病在体内点亮火苗，泛着微光的脾脏，仿佛也有一张黝黑的脸颊。

落日在树梢之上，执拗地晃动和她一样回光返照的身子。

她看着，心里涌起早春才有的那种想飞起来的感觉。

此时的落日像她心中的那轮落日和门口的河岸叠在一起。

瓦片上的药引子在“吱吱”作响，像渴望获得重生的鱼群，愉悦地甩动光滑的尾巴。

她身后的黄昏，落日还在下坠，下坠。像门口辽阔的河岸。溢出流水的样子。

落日往腰上缠河岸长长的影子，她一遍一遍翻动瓦片。如同翻动人间的那些美好的事情。

那些水族，对着河岸频频回头。

落日照耀着自己的身体。此时，有人在服用民间的药引。

此刻的河岸像阔大的容器，装满了太阳，金光闪闪的汁液。

（选自《大沽河》，2012 年第 3 期）

周根红

周根红（1981— ），祖籍安徽望江，现居江苏南京。散文诗被收入多种选本。

风吹弯了天空

一阵急骤的马蹄声，或者一群野狼的嚎叫。

整个草原正伸长脖子，探望远方。

一场大风，在马背上大声喧哗。

所有的马匹，盖着风的厚被子，在草原的腋下奔跑出比风更迅速的姿势。

风正吹弯草原的天空。

马没有回头。草原也没有回头。天空一直低过马的腹部。

风啊，再大些吧，快把草原的扣子解开。

一条河流穿过草的故乡

这大片的秋色，都变成了云彩。

一条河流，想把自己放牧到哪一座山坡上？

两旁的草原，是一条河流飞翔的翅膀，轻轻浮出水面，或者收拢大地。

风拄着拐杖站在水边，让草原吹乱的心情趋向平静。

几片嬉戏的云朵，把持不住内心的慌乱，跌落进一片水域，奔向看不见的远方……

一只鸟俯冲下来，握着河流长长的柄，轻轻地把草原拎了起来。

与一朵花同行

盛开。一朵花由着性子开了。

风歪着脑袋朝一个方向吹。

一朵花轻轻并拢翅膀，风就从草原的斜坡滑落下去。

与一朵花同行。草原的脸庞布满幸福和喜悦。他们与我一样，有一个相同的名字。

我是一朵花即将结出的果实，或者，一朵花是我开放的梦。我们在梦与果实的路上相遇。

在我转身的瞬间，我看见草原捅着大地的胳肢窝，前仰后合。

（选自《散文诗》，2008 年第 7 期）

陈　洪

陈洪(1981—　),云南昭通人。著有散文诗集《彼岸的风景》。

如梦云南(节选)

一

一场金戈铁马的雪崩,在神峰的交界,因了无数的崇拜和敬畏,使大地的子民匍匐在圣山的脚底。

御风飞翔的乌蒙大高原,在云彩的翅膀上采撷缕缕夕辉,仿佛民间的火焰,把温暖与善良深藏硬朗的岩层。

桀骜不驯的金沙江泛动着婉转的神秘,它的源头,如林的雪峰是唐古拉山不竭的乳汁,盛满粗糙大手抚摩经年的陶罐。

此时它的坚忍与顽强,像驰骋雪岭的巨龙,以黄金的铮铮骨骼敲打我的胸膛。

群山对峙,神性的谣曲响彻高原的晴空。依然鲜亮的诗歌的经卷,用大爱的言辞拥抱高耸的峰顶,让阳光的大手,托举慈悲的光芒烛照人间。

二

金沙江偾张的血脉在历史的河道流淌，不老的情歌沿着驿道消失于遥远的苍穹，我看见滴血的残阳点燃彩云之下的篝火，温暖古老而亲切的故乡。

勒进大山肌肤的驿道，疏浚了谁梗塞的血脉？

一滴滴润泽苍茫古道的汗水，被敦厚朴实的先民，抛洒在灵魂纵横的疆域。这些萦绕飘摇的情思，任河风吹动温柔港湾的桅帆。

久远的驼铃此起彼伏，与高原息息相通的神经，探寻时空深处沉淀的历史。追逐橹声的河流，将青山与村庄，幽雅地收藏进难以平静的胸膛。

浪迹江河的水花，浸润多少幸福的时光。打马走过南高原，这亿万年奔腾的金沙江啊，敞开金黄的臂膀拥抱高高在上的太阳。

三

伫立云南，追忆的骏马撒蹄狂奔，绝尘远去的铜铃，像蔓延的福音聆听行者不倦的情肠。

此时，我踏着时光的甬道，挺直漫长高远的脊梁，倾听行吟不止的江河，在连绵的山脉间敞开铿锵的步伐，把渐次盛开的奇葩，拱手相送远来是客的旅人。

亿万年伫立江岸的岩石，被风的刀刃镌刻出浮雕，倔强地萌发坚硬冰冷的雄姿。像固守家园的图腾，澎湃的胸膛里奔涌着金色的河流与阳光。

四

滇北，滇北，尖锐的光芒洞穿了黄昏，落地生根的古乐，在绝版的传奇中释放酥油的熏香。

寂静时光里一块块沉默的山石，向牧女道出粒粒丰盈的词语。那么多夕阳的光辉，迟迟不肯被黑夜掩藏轮回的光芒。

在这个古典的夜晚，安详的众生诉说沉醉于心的密语。诵经声中，一片喜庆的焰火燎原成满目金黄，燃烧积聚高原的苦难和悲怆。

总是如此地怀念圣洁的哈达，祝贺声里飘扬起的经幡，被一地月光催放出寺庙的佛光，普照彩云之上的故园。

禅定如山，皈依神灵的苞谷酒，是隐藏内心的图腾，在雷电与暴雨拥抱的瞬间给予我们坦荡的力量。

（选自《湖州晚报》，2015 年 7 月 26 日）

徐　源

徐源（1984—　），贵州纳雍人。著有诗集《颂词》，散文诗集《阳光里的第七个人》。

黄　河

居住在尸骨。它咆哮时，我安静。

青铜的月亮刻满象形文字，从庄周梦境，飞出玉蝴蝶。

丝绸上的中原马匹成队。思想在竹简上，长成苍翠的竹林。我熟悉它的呼吸、汗味和春天的野草。诗词闪烁瓷。

孕育。繁衍，死亡。让女人，统治世界。

一条河有一条河的浪漫，一条河有一条河的文明。

骑汗血马决堤而出，我紧抱自己。江山依旧，五千年，有一粒沙尘就有一颗星辰，被黑夜磨亮。

我看见过它的脸庞，

我们都是，太阳和大地调皮的孩子。

（选自《大沽河》，2013 年第 3 期）

汗血宝马

在风中饮血，身体里沙粒蠕动、摩擦，从毛孔里溢出火花，把远方蹈成一条地平线。

沙漠，终于敞开了女人般宽阔的胸脯，落日骑在我的背上，英雄热爱渐暗的霞光。

从马骨上取下铜的回声，铸一把宝剑，杀敌无数，谁的心中没有理想？日行千里，追逐日月更迭。我就是速度，王朝被甩在蹄印之后。

那就在河边饮水，整条大河聚拢在喉头上。

许多年后，舔马汗的人死了，说马语的人死了，仰天长嘶，闪电、雷雨、黑暗，降临诗篇中。从潦倒中掏出才华与昔日的辉煌，为马写诗的人也死了，为马守身如玉的人也死了。

悬崖勒马吗？悬崖是我陡峭的背脊。天马行空吗？天空是我呼啸的校场。风沙在响鼻中，唱楚歌的人，眼眶里流出黏稠的月光。

一匹马的骨骼，可以建一个王国；一匹马的血，可以养活一个时代。卸掉马掌，重新钉在火焰上；割下马尾，拉响一把沙哑的二胡，我在琴筒里，江山忍受声音的分割。

就这样，一匹汗血马，活在英雄的宝剑上，死在艺术的礼赞中。

啊！以画马为名的人成了大师。画马的皮毛，画马的骨骼，画马的精神，但是他从没有画过马的灵魂。我在你们的内心里，没有谁能摒弃肉身，见到过真正的自己。

天空在远逝的马影中，被镜头推向模糊。只有摄像师，能捕捉每一次诅咒。

（选自《扬子江》，2017 年第 2 期）

黄小培

黄小培(1987—),河南平顶山人。著有诗集《对称的狂澜》。

在春天,想想过去

摊开手掌,让我的河流穿过一座空城。天空缓慢。白云映照肝胆。

这副旧身躯因沾染灰尘,而略显沧桑,而喜微风吹拂。

这一年我有下滑之势,谈及离别,便会生出逆流对抗的分支。

想死亡。想重生。

香樟在怀念里唱起爱的颂歌,为完成突围之美吹开绿叶。万物被覆阳光,它们也怀旧,在晃眼的晨光中,奔出了泪水。

需要多大魄力,才能喊出油菜花金黄的光芒?

十万亩的动荡啊,它们像海,不像我。为内心辽阔的寂静,击响手掌。

(选自《山东文学》下半月刊,2015 年第 3 期)

游西湖遇苏小小墓

天上的闲云还真多，连湖水都产生了欢快的浮力。

湖水把它的梦收入水底，为更多的遐想腾出位置。

怀着期待之心，朝远处望望什么。想想往事里那些每天都会来临的歌声，还能为我带走和带来些什么。

用不着赞美，也用不着诅咒。生活中的琐事多么细小又多么巨大。

其实，我并不想洞察你的合理性。这些几千年都用不旧的大光亮依然在水面上过渡，漫过西湖，奋勇地游向西泠桥。

被照耀的事物，照不见的内心保留了美好的尺度。

天说暗就暗下来了，过多的光芒被吸附。

已经不重要了，一个人在桥畔，他的内心在灰暗中渐渐变得模糊，透明。

（选自《大沽河》，2016 年第 1 期）

玉　珍

玉珍(1990—　),本名罗玉珍,湖南炎陵人,著有诗集《等一朵花开》《喧嚣与孤独》等。

向日葵

太阳的女儿,您睡得好吗?

每一天都是你最早醒来,迎接太阳——你光明的父亲。

你金黄的色彩,曾灼伤了一个人的命运,给了一个割耳朵的疯子满世界的疯狂,我看见滴血的激情在太阳下发着烫,折射着凡·高的忧伤。

向日葵,花朵里最大气的脸庞,高高的个子,傲立群雄,夜里发光,摇曳一个金色的罗盘。

一直灿烂着,金黄的色泽,像海洋一样铺展。

那么久,你以为它应该零落成泥碾作尘了,然而不是,她依然骄傲着,灿烂着,你没有看到,花瓣的包围下,一群美丽的果实正在努力地生长。

向日葵,不是平凡的花儿,不会以凋零结束一场绽放,花还没枯,另一场灿烂就已酝酿开。她的智慧,可想而知。

一盘的葵花子,命运的手掌托着;大地的孩子,向着太阳微笑。

北庄花园

一座花园，如梦、天堂一般，在晨曦的照耀下，像圣女的脸。

所有的花，争芳斗艳又相得益彰，是刚从生命之初的芳苞里钻出来的精灵啊！未沾上一丝尘世的灰土和喧嚣的纷扰。

某些蓓蕾还在风中颤抖，等待着如破晓的黎明绽放明媚的芳姿，让世界为之惊叹。

华彩芳初，一园的鲜花，穿上太阳赐予的金色的圣衣，那一丛的美丽，胜过月的光华。

有些美，美到极致就被赋予神性的光辉，或是丰美的赞词，那是理所当然的。

不知道是何物的催生，从大地的营养里长成如此单纯美丽的花朵，是怎样的幽径，让它们来到人间，用柔弱的枝干擎起娇艳欲滴美得发光的明灯。

一座圣洁花园在大地上醒来，最先迎接太阳的光芒，宇宙对土地的垂青，在一座花园里得到最好的体现。

你该去花园看看，去圣女的目光下注视美。

（选自《山东文学》下半月刊，2015 年第 2 期）

木　目

木目(1990—　),原名朱旭东,甘肃陇南人。散文诗被收入多种选本。

如此辽阔

一切多余的都被打扫干净了,被信仰腾空的地域如此辽阔。

只比城市多出了牛羊,多出了牛羊眼中的青草。在蹄子上奔跑的青草长势缓慢,遇见我们时,和枯黄还隔着几场秋风的距离。

只比天空多出了耳朵里的歌声,卓玛的歌声如一条扬起的牧鞭,打响了高原的空旷。

在如此辽阔的手掌上,我们比蚂蚁还要小,一种心满意足的卑微,让我们双手合十。

一株格桑花的忧伤高高在上,将隔世的悲欢扔向花瓣的缝隙,我们轻盈得像一片叶子;

一棵青稞的重量需要整个高原做秤砣,我们心甘情愿做微不足道的砝码。

赴　约

你是青藏高原眼睛里一滴一滴流出的泪汇聚于此吗？那么清澈，饱含深情。

你是整个苍穹一针一线纺织的薄纱掉落在了高原吗？那么湛蓝，包裹日月。

青海湖，以一滴泪的硕大深情等待了亿万斯年。我们来了，从陇之南跨越千山万水，千里万里的奔波，赶赴一次亘古未变的约定。

青海湖，要用那一抹足够温柔的薄纱擦拭我的风尘仆仆、我的姗姗来迟。

青海湖，高原上巍峨雄伟的日月山、橡皮山是你的哥哥，一望无际的草原是你的姐姐，你是青藏高原众多玲珑依人的女儿中离我最近的一个。

亿万斯年，周围的草一岁一枯荣，一朽一新生；身旁的山峰雪质的哈达旧了重做，做了送给不计其数远道而来的客人。

无数次风过，你泛起等待的皱纹，一圈荡开一圈；不尽的过客，你淤积了众里苦寻的焦灼，一伤深过一伤。

现在，趁着这一季长风，趁着七月的光芒、你的千呼万唤，我们来了。

薰衣草

每一株青草私藏每一片草原的秘密。

你与青稞为邻,你私藏起高原的紫色秘密。

你是青海湖畔的另一类牧民,放牧习习大风,放牧芸芸众生,对神明虔诚的膜拜。

信仰是一把盾牌,为西行膜拜的你挡住太阳紫色的箭镞。

从黑马河到茶卡盐湖,每一块大地都是薰衣草的神殿。

我们只是坐在车中,我们从风的缝隙里披上了你的普世悲悯。

(选自《星星·散文诗》,2016 年第 7 期)

曾入龙

曾入龙(1994—),笔名天随子,贵州安顺人。著有文化随笔集《何曾吹落北风中:从宋词里开出花来》。

城阙尚嵯峨

在江南,一座城池独立在黄昏里。

黄昏有时很近,有时很远,有时那么高,有时又那么低。有时就在西风古道上,与一株劲草,恣意对望。

有时在一阵铜驼声里看夕阳渐行渐远。有时看一匹石马歇斯底里地,想要喊出内心的狂躁。

有时陌上花开,尘土飞扬,一株古木上,挂满了秋天的鸟鸣。

有时,你一个人缄默着,独立黄昏里。在一座城池之上,你循着城墙的裂缝,追溯斑驳的时光。

你说,黄昏是用来缄默的。尤其此时。尤其此地。

你说,除非月上城头,否则我什么也不会说。

你说夜未央时,适合用歌声抒情,适合一个人在城头,用月色,醉饮浮生。

怀古意谁传

一千年前燕子矶头，一千年后乌衣巷口。

柳色如烟，勾起沉浮往事。月色似水，晕染烟雨江南。

谁曾道风景旧曾谙？谁又说风景忆当年？在江南，南朝四百八十寺呀，全在时光的流转里，被人遗忘。

被记住的也都弃置已久。那些荒废的草长莺飞吟在诗笺里，或在一支画笔下，勾勒出旧时的模样。

有一份古意迎风飘扬。在湖水的荡漾里，溅起一丝涟漪。

有一尾游鱼轻啄月色。那月色呀，如诗如画，如梦亦如幻。

亦如一朵莲花，开在湖光里。谁抡起一支钓竿，垂钓浩渺的烟波？谁又在游离的画舫上，披蓑看月，独立寒江？

无人回答。唯有青山几座，在小径的曲折里，隐入远方。

（选自《山东文学》下半月刊，2017 年第 10 期）

荆卓然

荆卓然(1997—),山西阳泉人。著有诗集《小鸟是春天的花朵》,散文集《桃花打开了春天的门窗》。

山上一片不知名的花儿

请不要这样诱惑蜜蜂和我。你们这群太行山的乖乖女,满脸的春光,复苏了我干旱无雨的表情。

我从冬季昼夜兼程、风雨兼程而来。我把骨头里的冷和风沙,一点一点掏出来。我的内脏里只保留阳光、温暖、热情和热爱。

我刚从大唐平阳公主驻守的娘子关采风归来,都说英雄难过美人关,而千朵万朵花儿中,只有你的芳颜,能引爆我心中的春雷。

石头开花

在晋东地区,你会见到这样的景观:一座连着一座的石头山呀,就像一只大鸟遗留的鸟蛋,能孵化出你对大地的热爱,能孵化出你对往事的记忆。

我一次次抚摸着这些坚硬的骨头，寻找着我的前世今生。在这些巨大的宁静里，是不是隐藏着一些惊雷闪电和豪言壮语。

我站在一座几乎没有土壤，只有沉睡的大石头的山上，看见一块开花的石头上，一只小鸟正在歇息。这块石头是否曾经也会飞翔，这只小鸟是否曾经也是一块石头。

我拉着伊人的手，在青春的想象里暴走。既然石头都能开花，我们的爱情，肯定会生出翅膀。我们的幸福，肯定会比翼齐飞。

（选自《山东文学》下半月刊，2017 年第 10 期）

跋

多说几句话

王泽群

抖起胆子决定组织一个民间团队，来选编《中国散文诗一百年大系》，是因为五十几年的笔耕墨耘，深感一百年来中国的白话文写作，因为民族所遭受的苦难、国内外战争、极“左”思潮的影响等，其有关文学艺术的各种题材与体裁，都很难梳理出一个比较正确的，能表现出这一百年道路的文本来。小说、诗歌、散文、杂文就不去说了，即便影视、戏剧、曲艺、歌曲，要用一种历史的眼光做一裁定，也相当难。

散文诗却不同，这个与白话文运动几乎同时兴起的文体，一百年来，从鲁迅的《野草》，到当代的许多名家、大匠的散文诗集，一直在中国文坛的边缘上，有些寂寞且踬踬颠颠地顽强生长着，繁衍着，变革着，前进着……它虽受到世纪风云大的影响，却仍然保持着一代又一代人的执着探索，翻新，求真，求善，求美。这大不容易，大不容易却走了过来，值得研究探索。

于是，便联系了同道，决定做这件不大不小的事。

感谢年逾九十二岁的耿林莽先生。

耿先生在改革开放之始，便致力于散文诗的创作与研究，并利用《青岛文学》《散文诗》等杂志的平台，提携、引领了一大批年青才俊一起前行，为当下中国散文诗的繁荣、发展，立下了不可小觑的功绩。正因此，青岛的散文诗创作队伍，不仅一直壮大着，且涌现了一批在国内外都有影响的大匠名家。放眼望去，青岛的这个散文诗平台，是有相当高度、相当规模的。

于是，我们基本以青岛的散文诗优秀作者为骨干，兼也聘请了我们认为在散文诗的探求创新方面，有想法、有成就、有影响的外地优秀作者，组成了这支队伍。虽然，好多高手名家，我们没请到，但散文诗的园子很大，或一枝独秀，或百花盛开，都是当今的春色。

我们的想法很简单：做一次“梳理”，使这套《一百年大系》既可做观赏卷，也可做研究卷，甚至可以当作一种工具书。

想法有点儿大？

然也。没有大的想法，哪有小的成绩？

鉴于这是对散文诗一百年的回望，我们的“选编原则”是前粗后精，即尽量把早期的作家与作品都收录进来，亮给今天的散文诗爱好者把玩、赏读、学习、借鉴；而近三十多年，由于散文诗作者队伍的蓬勃壮大，散文诗作品呈现出百花齐放，花色纷呈的特点，我们在选录作者与作品时，就必须多下一些功夫，争取把当代的散文诗名家、才俊和他们的代表作尽量选出来。这就必须精挑细选。当然，不可能“挂一漏万”，但也绝对不可能不“挂万漏一”。

敬请散文诗作家和读者诸友理解，宥谅为盼。

“百花齐放，百家争鸣”，早在两千多年前我们老祖宗就提出来了。

但除了春秋战国那一个不短也不长的时代，这种哲思理念因为各路诸侯与“王”们的争打不闲，曾经普盖了众生。其他时间里，它几乎真的只成了一种哲思理念，甚至只是一个口号。

有心的读者可能注意到了，在《一百年大系》的总序中，耿林莽先生认真地对散文诗的诞生、成长、发展、繁荣，做了精准概括的表述、分析、总结。同时，各分集主编撰写的《序》则尽量地体现、实践着老祖宗的这一哲思理念。

当然，我们做得并不好，良莠不齐。但我们试着在做，努力在做。任何事情，总得有人在做，才知道它好，或是不好。

我们也等待着各路的批评与指教。“活到老，学到老”，也是老祖宗留给我们的一种永远不死的哲思理念。

在我们这个民间团队——十人中已有六人正式退休——决定一起合作编辑《中国散文诗一百年大系》的时候，青岛市文联党组书记魏胜吉先生，青岛荣德文化传媒集团董事长郭胜森先生，中国散文诗终身艺术成就奖获得者耿林莽老先生，在精神上、方向上、资金上，都给予我们强有力的支持。在此，一并真诚感谢。

尊敬的朋友们，没有你们，也就没有这一部《中国散文诗一百年大系》。泽群代表所有同道鞠躬。

图书在版编目(CIP)数据

中国散文诗一百年大系. 3，河山锦绣 / 王亚平编
. —青岛：青岛出版社，2019.10
ISBN 978-7-5552-8416-1

Ⅰ. ①中… Ⅱ. ①王… Ⅲ. ①散文诗-诗集-中国-现代②散文诗-诗集-中国-当代 Ⅳ. ①I226.6

中国版本图书馆 CIP 数据核字(2019)第 167160 号

书　　名　中国散文诗一百年大系
本册书名　河山锦绣
名誉主编　耿林莽
主　　编　王泽群
副 主 编　韩嘉川　栾承舟
本册主编　王亚平
出版发行　青岛出版社(青岛市海尔路 182 号,266061)
本社网址　http://www.qdpub.com
责任编辑　霍芳芳
照　　排　青岛新华出版照排有限公司
印　　刷　青岛国彩印刷股份有限公司
出版日期　2019 年 10 月第 1 版　2019 年 10 月第 1 次印刷
开　　本　16 开(710mm×960mm)
印　　张　26.25
字　　数　280 千
书　　号　ISBN 978-7-5552-8416-1
定　　价　599.00 元(全八册)
编校印装质量、盗版监督服务电话　4006532017　0532-68068638